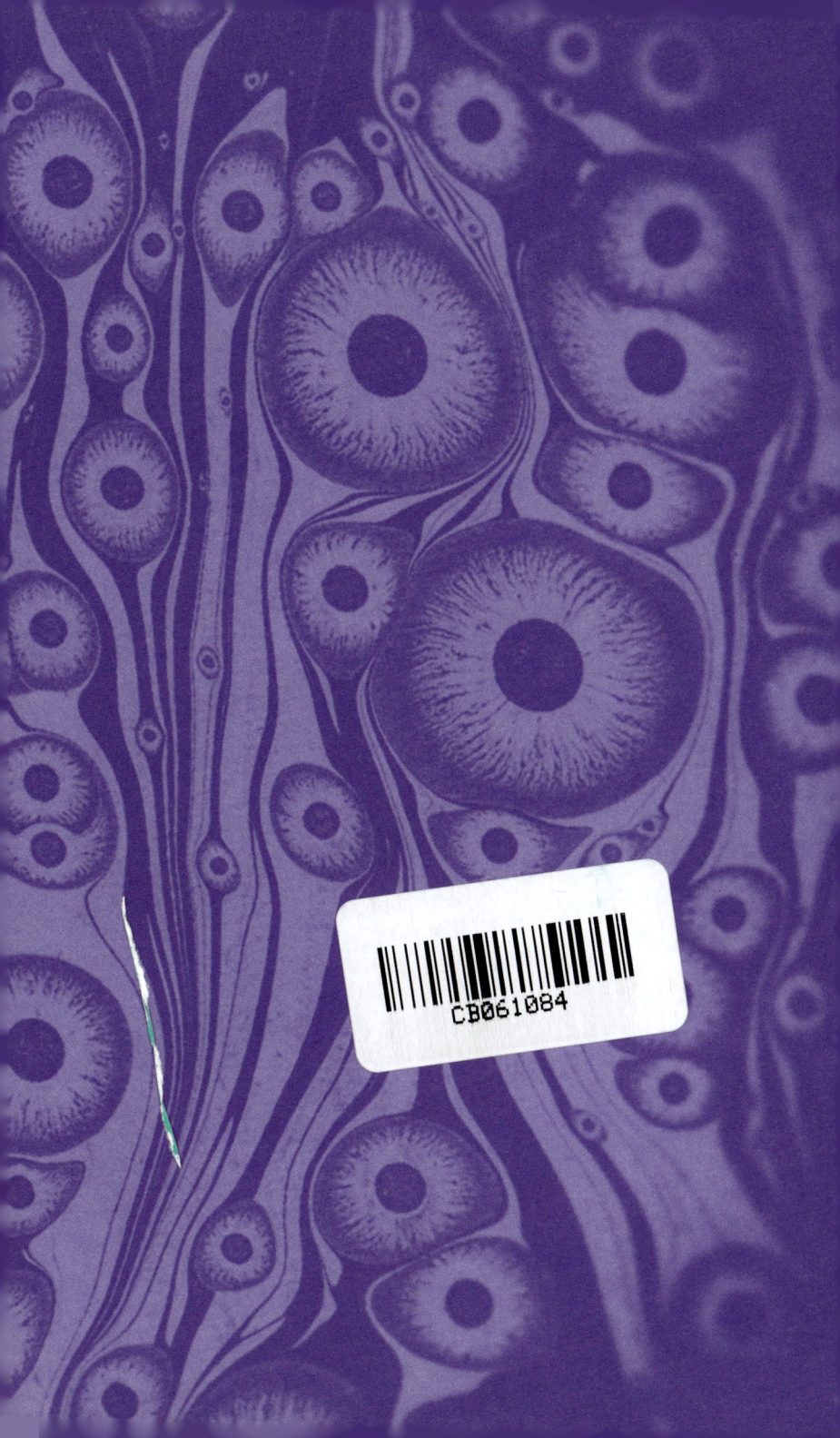

H. P. LOVECRAFT

CONTOS · VOLUME II

H. P. LOVECRAFT

CONTOS · VOLUME II

SUMÁRIO

O MUNDO DOS SONHOS DE H. P. LOVECRAFT   **7**

H. P. LOVECRAFT · CONTOS VOLUME II

CELEPHAÏS	**19**
A BUSCA DE IRANON	**31**
A NAU BRANCA	**44**
A MALDIÇÃO QUE ATINGIU SARNATH	**57**
OS GATOS DE ULTHAR	**70**
OS OUTROS DEUSES	**79**
HIPNOS	**89**
A CHAVE DE PRATA	**103**
A ESTRANHA CASA ALTA NA NÉVOA	**125**

O MUNDO DOS SONHOS
DE H. P. LOVECRAFT

Daniel I. Dutra*

É impossível falar sobre o grupo de histórias de H. P. Lovecraft que ficou conhecido como Ciclo dos Sonhos sem discutir o escritor irlandês Edward John Moreton Drax Plunkett (1878–1957), o décimo oitavo Barão de Dunsany, mais conhecido pelo pseudônimo Lorde Dunsany.

Hoje um tanto esquecido, Dunsany foi muito popular nas primeiras décadas do século 20, tendo alcançado fama com obras de fantasia como *Gods of Pegana* (1905), *Time and the gods* (1906) e *The king of Elfland's daughter* (1924), que influenciaram todo o gênero. Além de Lovecraft, J. R. R. Tolkien, Robert E. Howard, Neil Gaiman, Clark Ashton Smith, Jorge Luis Borges são alguns dos nomes influenciados por Dunsany.

À primeira vista, uma leitura comparativa entre as histórias que compõem o Ciclo dos Sonhos de Lovecraft e a obra de Lorde Dunsany leva à conclusão de que

---

* Doutor em Literatura Comparada pela Universidade Federal do Rio Grande do Sul. É autor de *O horror cósmico de H. P. Lovecraft*: Teoria e prática (Clock Tower, 2017).

o primeiro não passa de um pastiche do segundo. Em parte a afirmação procede. Porém, o Ciclo dos Sonhos de Lovecraft não é um pastiche sem méritos próprios. Para compreendermos melhor essa questão, precisamos conhecer a gênese do que viria a ser chamado de O Ciclo dos Sonhos.

Em 1918, Lovecraft escreveu "Polaris". O conto narra a história de um homem que, ao adormecer, sonha com a cidade de Olathoë, no reino de Lomar, localizada no passado distante da Terra. Os amigos de Lovecraft, ao lerem "Polaris", comentaram que o conto lembrava muito as histórias de Lorde Dunsany. Entretanto, o fato é que Lovecraft nunca havia lido Lorde Dunsany antes de escrever "Polaris".

S. T. Joshi, um dos maiores especialistas do mundo na obra de H. P. Lovecraft, observa que Dunsany e Lovecraft foram intensamente influenciados por Edgar Allan Poe. Essa influência em comum explicaria a semelhança entre "Polaris" e os contos de Dunsany, visto que alguns trabalhos de Poe possuem certa semelhança tanto com o Ciclo dos Sonhos de Lovecraft quanto com Lorde Dunsany. Dirk W. Mosig, outro estudioso de Lovecraft, argumenta que a mente de Lovecraft estaria "funcionando em um canal paralelo" com a de Dunsany, o que explicaria as semelhanças. De fato, a afirmação de Mosig torna-se mais convincente ao constatar-se que, na obra *The last book of wonder*, de Dunsany, escrita em 1916, há uma cidade chamada Loma, cujo nome é muito semelhante ao reino de Lomar em "Polaris".

Os textos da fase que S. T. Joshi chama de dunsaniana englobam, na sua maioria, os contos escritos entre

1919 e 1921, e caracterizam-se por serem radicalmente diferentes da produção posterior que terminou por consagrar Lovecraft. Contos como "A nau branca" (1919), por exemplo, se distinguem pela forma como buscam despertar uma sensação de beleza onírica no leitor, em detrimento do horror cósmico de Lovecraft que viria a se tornar a sua marca registrada.

Lovecraft teve a oportunidade de assistir a uma palestra de Lorde Dunsany na cidade de Boston no dia 20 de outubro de 1919, e a impressão positiva que o escritor irlandês lhe causou o transformou em seu ídolo, incentivando-o tanto a conhecer melhor sua obra quanto a escrever contos imitando-o. Em seu ensaio de 1922 "Lord Dunsany and his work" ("Lorde Dunsany e sua obra"), Lovecraft nos apresenta uma visão geral sobre o autor:

> Algumas das histórias de Dunsany tratam do mundo real e das estranhas maravilhas nele, mas as melhores são as que falam sobre terras concebíveis apenas em sonhos rebuscados. Estas são elaboradas naquele espírito puramente decorativo que almeja a mais elevada arte, não possuindo nenhum elemento moral ou didático, exceto uma alegoria tão pitoresca que pode ser inerente ao tipo de tradição lendária às quais elas pertencem. A única ideia didática de Dunsany é o ódio do artista ao feio, ao estúpido e ao lugar-comum. Vemos ocasionalmente toques de sátira às instituições sociais e um pouco de lamentação quanto à poluição da natureza por cidades encardidas e horrendos cartazes publicitários. De todas as instituições humanas, o *outdoor* é a mais abominável para Lorde Dunsany (LOVECRAFT, 2004, p. 58).

Alfred Galpin, amigo de Lovecraft, escreveu em uma carta sobre a semelhança de outro conto de Lovecraft, "A nau branca" (1919), com o trabalho de Dunsany. Neste caso a semelhança foi proposital, visto que Lovecraft agora já o conhecia e confirmou a Galpin a influência. "A nau branca" possui uma premissa semelhante ao conto "Idle days on the Yann" (1919), de Lorde Dunsany, a saber, ambos narram a aventura de um protagonista que viaja em um navio a terras místicas e distantes. Outros contos de Lovecraft, como "Celephaïs" (1920), também tomam de empréstimo ideias de Dunsany. Tanto o conto "A coroação do Sr. Thomas Shap" (1912) de Lorde Dunsany quanto "Celephaïs" (1920) narram a história de um homem moderno que viaja mentalmente para um mundo mágico.

Em suma, Lovecraft, ao conhecer os trabalhos de Dunsany, tornou-se um admirador confesso de sua obra. Ele relata, em carta a Fritz Leiber, a importância de Dunsany em sua vida literária.

> Dunsany tem um apelo peculiar para mim. Embora qualquer um de seus voos fantásticos aparente ser casual e tênue, o efeito acumulado de todo o seu ciclo de teogonia, mito, lenda, fábula, heroísmo épico e crônica de sonhos em minha consciência é a do tipo mais potente e particular de liberação cósmica.
>
> Quando o encontrei pela primeira vez (em "A dreamer's tales") em 1919 ele parecia uma espécie de portal para os mundos encantados dos sonhos de infância, e sua influência temporária em minhas próprias incursões literárias (vide "Celephaïs", "A maldição que atingiu Sarnath","A busca de Iranon", "A nau branca", etc.)

foi enorme. Na verdade, meu próprio modo de expressão quase se perdeu por um tempo em meio a uma onda de Dunsanianismo simulado. Parecia-me que havia em Dunsany certos delineamentos poéticos do cósmico ausentes em outros lugares. [...] A filosofia por trás de seu trabalho é essencialmente a das melhores mentes de nossa época — uma desilusão cósmica somada a um esforço desesperado para reter esses fragmentos de maravilhamento e mito de significado, direção e propósito que o progresso intelectual e a absorção em semelhantes coisas materiais tendem a descartar (LOVECRAFT, 2005, p. 24).

H. P. Lovecraft comenta sobre a influência de Dunsany em mais duas ocasiões. Primeiro numa carta ao amigo Rheinhart Kleiner:

A fuga da imaginação, a delineação da beleza pastoral ou natural, pode ser realizada tanto em prosa como em verso — muitas vezes melhor. É esta lição que o inimitável Dunsany me ensinou. Poesia para mim significava apenas a forma mais eficaz de declarar meus instintos arcaicos. Eu poderia expressar um arcaísmo mais verdadeiro nos meus dísticos do que em qualquer outra via de igual brevidade e simplicidade (LOVECRAFT, 2005, p. 183).

Lovecraft se refere aos seus experimentos com poesia, e como por intermédio de Lorde Dunsany descobriu que o que tentava expressar pela poesia poderia ser feito também por meio da prosa — no caso, a descrição poética (em prosa) de lugares e paisagens, fossem estes naturais ou arquitetônicos, fossem reais ou imaginários. Essa atenção especial a lugares e paisagens sempre foi uma constante na ficção de Lovecraft.

A segunda ocasião em que Lovecraft discute a influência de Dunsany foi no ensaio autobiográfico de 1933 "Notas sobre uma não entidade".

> Por volta de 1919 a minha descoberta de Lorde Dunsany — o autor que me deu a ideia do panteão artificial e do fundo mitológico representado por "Chtulhu", "Yog-Sothoth", "Yuggoth", etc. — conferiu um ímpeto tremendo à minha produção fantástica, e escrevi material em um ritmo jamais superado desde então. Na época eu não tinha planos nem esperanças de publicar profissionalmente. Mas a fundação da Weird Tales, em 1923, foi para mim um veículo duradouro. As histórias que escrevi por volta de 1920 refletem muita coisa dos meus dois principais modelos, Poe e Dunsany, [...] (LOVECRAFT, 2011, p. 85).

Embora Lovecraft tenha-se inspirado em Dunsany para criar seu panteão de criaturas e seres imaginários, muitos destes, na sua fase dunsaniana, eram usados de uma forma um tanto amorfa. Em outras palavras, as criaturas possuem um caráter mais de entidades sobrenaturais do que de seres de outros planetas (característica definitiva de sua escrita posterior), como também sua hierarquia e papéis não estão tão bem definidos. Porém, a maior importância da influência de Lorde Dunsany em Lovecraft não está no empréstimo de artifícios narrativos, mas na forma como sua obra sajudou Lovecraft a encontrar sua própria voz.

S. T. Joshi comenta sobre a importância de Lorde Dunsany na escrita de Lovecraft:

Mais precisamente, Lovecraft aprendeu de Dunsany como enunciar suas concepções estéticas, filosóficas e morais por meio da ficção, além do simples cosmicismo de "Dagon" ou "Beyond the wall of sleep". A relação entre sonho e realidade — vagamente explorada em "Polaris" — é tratada de forma exaustiva e pungente em "Celephaïs"; a perda da esperança é esboçada profundamente em "The white ship"["A nau branca"] e "'The quest of Iranon" ["A procura de Iranon"]. Lovecraft considerou *Time and the gods* "ricamente filosófico", e todo o trabalho de Dunsany, o inicial e o posterior, oferece parábolas simples e emocionantes sobre assuntos humanos fundamentais (JOSHI, 2014, p. 165).

A fase dunsaniana de Lovecraft, portanto, serviu como uma espécie de exercício literário que o levou a um amadurecimento, preparando o terreno para a fase posterior dos Mitos Chtulhu.

Darrell Schweitzer, outro estudioso de Lovecraft, comenta:

Se foi um exercício de aprendizagem para Lovecraft, o que ele aprendeu? Certamente aprendeu algo sobre estilo. Dunsany sempre foi um artista impecável, quer estivesse escrevendo sobre Pegana, Elfland, Irlanda, robôs dominando o mundo ou cães. Sua maior falha era uma ausência ocasional de profundidade — ele às vezes escrevia sobre coisas triviais, mas sempre o fazia esplendidamente. Lovecraft dificilmente poderia ter adquirido qualquer mau hábito de Dunsany. Ele parece ter aprendido muito com Dunsany sobre a restrição, sobre o controle de sua técnica. O período dunsaniano de Lovecraft produziu algumas de suas melhores prosas (SCHWEITZER. 1995, p. 41).

O Ciclo dos Sonhos e os Mitos Chtulhu partilham traços em comum, como o uso de uma mitologia artificial e descrições detalhadas de civilizações antigas e desconhecidas pela humanidade. Além do mais também encontramos, na fase dunsaniana, temas que seriam retomados posteriormente, como, por exemplo, o do indivíduo que sai do seu cotidiano e visita um passado distante ou outra dimensão — revisitado em histórias como *A sombra vinda do tempo* (1936) e "Os sonhos na casa da bruxa" (1932).

Apesar do termo Ciclo dos Sonhos ser bem popular, há controvérsias se este seria o mais adequado para descrever o conjunto de contos escritos sob a influência de Lorde Dunsany. A gênese do problema está em *A busca onírica pela desconhecida Kadath*. Escrito em 1926, o texto foi a primeira tentativa de Lovecraft em escrever um romance. Na narrativa acompanhamos as aventuras de Randolph Carter, alter ego de Lovecraft, na Terra dos Sonhos — uma dimensão acessível apenas quando se está adormecido — em busca da cidade de Kadath.

Lovecraft incorporou à narrativa de *A busca onírica pela desconhecida Kadath* diversos elementos de seus contos anteriores, principalmente aqueles fortemente influenciados por Lorde Dunsany, como a cidade de Sarnath de "A maldição que atingiu Sarnath" e o personagem Atal de "Os gatos de Ulthar", entre outros. Porém, à exceção de histórias como "Celephaïs" e "A nau branca", que claramente se passam em mundos oníricos, muitos dos contos que compõem o Ciclo dos Sonhos dão inúmeras indicações de que o cenário é, na verdade, o passado distante e esquecido do planeta Terra. O leitor atento perceberá, por exemplo, que em passagens de contos como "A maldição que atingiu Sarnath" e "Os gatos de Ulthar" o narrador, respectivamente, faz uso de frases como "quando o mundo era jovem" e menções ao Egito e à África.

Todavia, em *A busca onírica pela desconhecida Kadath*, a cidade de *Sarnath*, e outros lugares e personagens dos contos que compõem O Ciclo dos Sonhos, passam a fazer parte da Terra dos Sonhos.

S. T. Joshi comenta sobre o romance:

> Só posso concluir que Lovecraft nunca pensou claramente as relações entre o mundo real e o mundo dos sonhos neste romance e, ao ignorar deliberadamente o fato de que suas histórias "dunsanianas" anteriores haviam sido claramente definidas no passado pré-histórico do mundo real, subsumiu todas as suas localidades dunsanianas anteriores ao mundo dos sonhos, com o objetivo de tornar a descoberta de Carter sobre a natureza do mundo real de sua "cidade do pôr do Sol" mais pungente. Pode-se viver com o mero fracasso da *A busca onírica* em corresponder aos outros contos "dunsanianos" de Lovecraft, pois Lovecraft não era obrigado a ser uniformemente sistemático de uma história para a próxima. Mas bem podemos expressar uma certa irritação ao não sermos capazes de determinar até mesmo um mundo de sonhos internamente consistente dentro dos confins da própria *A busca onírica* (JOSHI, 2003, p. 101).

Lovecraft, em carta ao escritor Fritz Leiber, relata que ao escrever *A busca onírica pela desconhecida Kadath* ficou insatisfeito com o resultado. A insatisfação foi tanta que, mesmo tendo a oportunidade de publicá-lo, rejeitou a chance. Editoras na época demonstraram interesse, chegando a requisitar um romance de sua autoria. Lovecraft, porém, mesmo possuindo *A busca onírica pela desconhecida Kadath* para oferecer, optou por não apresentá-la. Sendo assim, é razoável deduzir que Lovecraft jamais imaginaria que, após sua morte, o texto seria publicado (a primeira publicação data de 1943), e por esta razão não se preocupou em ajustar as incoerências.

S. T. Joshi costuma rejeitar a designação Ciclo dos Sonhos e usar o termo fase dunsaniana. Ao que tudo indica, este seria mais adequado, visto que a mudança de cenário do passado distante da Terra para uma dimensão onírica (a Terra dos Sonhos) foi realizada de forma um tanto desleixada por Lovecraft. Por outro lado, o termo Ciclo dos Sonhos provavelmente se tornou mais conhecido devido à popularidade que *A busca onírica pela desconhecida Kadath* alcançou após a morte de Lovecraft, sendo considerado tanto por fãs quanto críticos o ápice das histórias dunsanianas, e também porque, ao aceitar-se que todos os contos se passam no cenário da Terra dos Sonhos, é possível estabelecer uma uniformidade das histórias (mesmo que com inconsistências) e, dessa forma, utilizar o termo Ciclo dos Sonhos para designá-las. Sendo assim, quando o termo Ciclo dos Sonhos é utilizado, não se deve interpretá-lo literalmente, e sim como um meio de classificar um grupo de histórias que estão mais ou menos relacionadas e partilham de certos temas em comum.

Todavia, *A busca onírica pela desconhecida Kadath* ter ofuscado os demais contos da fase dunsaniana não diminuiu o mérito destes. O próprio Lorde Dunsany, ao tomar conhecimento dos contos da fase dunsaniana de Lovecraft anos após sua morte, o elogiou, afirmando que ele "escrevia no meu estilo, de forma completamente original e não me imitando de forma alguma, e, entretanto, com o meu estilo e em boa parte com o meu material" (JOSHI *apud* DUNSANY, 1999, p. 84).

Portanto, independente da terminologia adotada, a saber, Ciclo dos Sonhos ou fase dunsaniana, o fato é que o conjunto de contos escritos entre 1919 e 1921 — e algumas revisitações posteriores às temáticas de Dunsany como em "A estranha casa alta na névoa" (1926) — compõe um capítulo importante na trajetória literária de H. P. Lovecraft.

REFERÊNCIAS

JOSHI, S. T. *A vida de H. P. Lovecraft*. Editora Hedra: São Paulo, 2014. Tradução de Bruno Gambarotto.

_____. *The dream world and the real world in Lovecraft*. In: *Primal sources: essays on H. P. Lovecraft*. Wildside Press: New Jersey, 2003.

_____. *A subtler magik: The writings and philosophy of H. P. Lovecraft*. Wildside Press: New Jersey: 1999.

LOVECRAFT, H. P. A confissão de um cético. *In: A cor que caiu do espaço*. Editora Hedra: São Paulo, 2011. Tradução de Guilherme da Silva Braga.

_____. *Fritz Leiber and H. P. Lovecraft — Writers of the dark*. Wildside Press: New Jersey, 2005.

_____. *Lord Dunsany and his work*. In: *Collected essays volume 2 — Literary criticism*. Hippocampus Press: New York, 2004.

_____. *Letters to Alfred Galpin*. In: *Letters to Alfred Galpin*. Hippocampus Press: New York, 2003.

_____. *Letters to Rheinhart Kleiner*. In: *Letters to Rheinhart Kleiner*. Hippocampus Press: New York, 2005.

SCHWEITZER, Darrell. *Lovecraft and Lord Dunsany*. In: *Discovering H. P. Lovecraft*. Wildside Press: New Jersey, 1995.

NUM SONHO KURANES viu a cidade no vale, e a costa marítima mais adiante, e o pico nevado projetando-se sobre o mar, e as galeras vistosamente coloridas zarpando do porto rumo às regiões distantes onde o mar encontra o céu. Foi também num sonho que ele descobriu que seu nome era Kuranes, pois quando estava acordado as pessoas o chamavam por outro nome. Talvez para ele fosse natural sonhar um novo nome, já que ele era o último de sua família e vivia sozinho em meio aos indiferentes milhões de londrinos, de modo que não havia muita gente para conversar com ele e lembrá-lo de quem ele havia sido. Seu dinheiro e terras tinham sumido, e ele não se interessava pelos estilos de vida das pessoas ao seu redor, mas preferia sonhar e escrever sobre seus sonhos. O que ele escrevia era motivo de riso para aqueles a quem ele o mostrava, e assim depois de um tempo ele passou a manter seus escritos em segredo, e no fim parou de escrever. Quanto mais ele se afastava do mundo ao seu redor, tanto mais maravilhosos se tornavam seus sonhos, e teria sido totalmente inútil tentar descrevê-los no papel. Kuranes não era moderno e não pensava como outros que escreviam. Enquanto eles se esforçavam para despojar a vida de seus adornados trajes míticos e mostrar em sua fealdade nua e crua a coisa repugnante que é a realidade, Kuranes procurava unicamente a beleza. Quando a verdade e a experiência deixavam de revelá-la, ele a buscava na fantasia e na ilusão, e a encontrava na porta de sua própria casa, entre as nebulosas memórias de contos e sonhos da infância.

Não são muitas as pessoas que conhecem as maravilhas que estão à disposição delas nas histórias e visões de sua juventude, pois, quando como crianças ouvimos e sonhamos, nós nutrimos pensamentos formulados apenas pela metade e, quando como adultos tentamos relembrá-los, estamos entorpecidos e vulgarizados pelo veneno da vida. Mas alguns de nós despertam no meio da noite com estranhas fantasias de colinas e jardins encantados, de fontes cantando ao sol, de penhascos dourados projetando-se sobre mares murmurantes, de planícies que se estendem até adormecidas cidades de pedra e bronze, e de sombrios grupos de heróis cavalgando ataviados cavalos brancos junto às margens de densas florestas, e depois sabemos que nosso olhar retrocedeu e penetrou através das portas de marfim naquele mundo de maravilhas que era nosso antes de nos tornarmos sábios e infelizes.

Muito, muito de repente Kuranes descobriu seu velho mundo infantil. Ele estava sonhando com a casa onde havia nascido, a grande casa de pedra coberta de heras onde tinham vivido treze gerações de seus ancestrais e onde ele esperava morrer. Havia luar, e ele entrou na fragrante noite de verão, atravessando jardins, percorrendo terraços, passando pelos enormes carvalhos do parque e seguindo pela longa estrada branca que levava à aldeia. A aldeia parecia muito antiga, carcomida nas bordas como a Lua em quarto minguante, e Kuranes se perguntava se os tetos pontiagudos das pequenas casas ocultavam o sono ou a morte. Nas ruas viam-se longas folhas de relva, e as vidraças dos dois lados estavam ou quebradas ou exibiam vaporosos olhos atentos. Kuranes não se demorou ali; ao contrário, avançou como se convocado para algum objetivo. Não ousou desobedecer ao chamado por temer que aquilo pudesse revelar-se uma ilusão igual aos anseios e aspirações da vida em estado de vigília, que não conduzem a nenhum objetivo. Em seguida, foi atraído por uma viela que se afastava da rua da aldeia rumo aos penhascos do canal, e chegou ao fim de tudo... ao precipício e ao abismo onde toda a aldeia e todo o mundo despencavam abruptamente para o surdo vazio da imensidão, e onde até o céu adiante se apresentava vazio e sem a luz da Lua que se esboroava e das estrelas à espreita. A fé o impulsionou a seguir em frente, por sobre o precipício e para dentro do abismo, onde ele flutuando foi descendo, descendo, descendo, ultrapassando escuros, informes, jamais sonhados sonhos, esferas vagamente cintilantes, talvez partes de possíveis sonhos sonhados, e gargalhantes seres alados que pareciam zombar dos sonhadores de todos os mundos. Depois uma fenda pareceu abrir-se na escuridão à sua frente, e ele viu a cidade do vale, resplandecendo radiante muito mais abaixo, com um fundo de mar e céu e uma montanha coberta de neve perto do litoral.

Kuranes despertou no exato momento em que contemplou a cidade; no entanto, ele descobriu a partir desse breve vislumbre que se tratava de nada mais nada menos que Celephaïs, no Vale de Ooth-Nargai, além dos Montes Tanarianos, onde seu espírito se havia detido por toda a eternidade de uma hora numa tarde de verão, muito tempo atrás, quando ele se havia desgarrado de sua babá e deixado que a cálida brisa do mar o embalasse até o sono enquanto ele contemplava as nuvens do alto do penhasco perto da aldeia. Ele havia protestado naquela ocasião, quando o encontraram, o despertaram e o levaram para casa, pois no exato momento em que foi acordado ele estava prestes a zarpar numa galera dourada para aquelas fascinantes regiões onde o mar encontra o céu. E agora ele ficou igualmente ressentido por despertar, pois havia descoberto sua fabulosa cidade depois de quarenta exaustivos anos.

Mas três noites depois Kuranes voltou para Celephaïs. Como da vez anterior, ele primeiro sonhou com a aldeia que estava adormecida ou morta, e com o abismo para dentro do qual é preciso flutuar em silêncio; depois a fenda reapareceu, e ele contemplou os cintilantes minaretes da cidade, e viu as graciosas galeras flutuando ancoradas no porto azul, e contemplou os pés de gingko do Monte Aran balançando ao sopro da brisa marinha. Mas dessa vez ele não foi arrebatado de lá, e como um ser alado desceu gradualmente sobre a relvosa encosta da colina até seus pés pousarem suavemente sobre a grama. Ele havia de fato retornado ao Vale de Ooth-Nargai e à esplêndida cidade de Celephaïs.

Colina abaixo entre arbustos perfumados e flores brilhantes caminhou Kuranes, cruzando o borbulhante Naraxa pela pequena ponte de madeira, onde havia entalhado seu nome muitos anos atrás, e pelo sussurrante bosque rumo à grande ponte de pedra junto ao portal da cidade. Tudo estava como antigamente, e os muros de mármore não haviam perdido sua cor, nem as polidas estátuas de bronze sobre eles estavam desdouradas. E Kuranes percebeu que não precisava ter medo de que as coisas que conhecia fossem desaparecer; pois até mesmo as sentinelas sobre os baluartes eram as mesmas, e ainda estavam tão jovens como ele as recordava. Quando entrou na cidade, passando pelos portais de bronze e por sobre a pavimentação de ônix, os mercadores e condutores de camelos o saudaram como se ele nunca se houvesse ausentado; e a mesma coisa aconteceu no templo turquesa de Nath-Horthath, onde sacerdotes usando guirlandas de orquídeas lhe disseram que não existe nenhum tempo em Ooth-Nargai, mas apenas a perpétua juventude. Então Kuranes caminhou pela Rua dos Pilares até o muro junto ao mar, onde se reuniam comerciantes, marinheiros e homens estranhos das regiões onde o mar encontra o céu. Lá ele se deteve por um bom tempo, contemplando o esplêndido porto onde a ondulação cintilava sob um Sol desconhecido, e onde as galeras de lugares distantes deslizavam suavemente sobre as águas. E ele contemplou também o Monte Aran erguendo-se magnífico no litoral, com suas árvores balouçantes nas encostas verdes e seu topo branco tocando o céu.

Mais do que nunca Kuranes desejou zarpar numa galera rumo a lugares distantes sobre os quais tinha ouvido tantas histórias estranhas, e ele novamente procurou o capitão que, muito tempo antes, havia concordado em levá-lo. Encontrou o homem, Athib, sentado sobre o mesmo caixote de especiarias onde se sentara antes, e Athib parecia não se dar conta de que tanto tempo havia passado. Depois os dois rumaram para uma galera no porto e, dando ordens aos marinheiros, começaram a navegar na direção do revolto Mar Cereneriano, que leva para o céu. Por vários dias deslizaram ondulando sobre as águas, até finalmente chegarem ao horizonte, onde o mar encontra o céu. Aqui a galera de modo algum parou; pelo contrário, flutuou facilmente no azul do céu entre nuvens felpudas com laivos de rosa. E muito abaixo da quilha Kuranes podia ver estranhas terras, rios e cidades de beleza insuperável, espalhadas indolentemente sob a luz do Sol que parecia nunca diminuir ou desaparecer. Finalmente Athib lhe disse que a viagem deles estava chegando ao fim, e que logo entrariam no porto de Serannian, a cidade de nuvens da cor do mármore rosa, construída naquela costa etérea onde o vento oeste flui para o céu. Mas assim que as mais altas torres esculpidas da cidade foram avistadas houve um som nalgum ponto do espaço, e Kuranes despertou no seu sótão em Londres.

Durante muitos meses depois disso Kuranes procurou em vão a maravilhosa cidade de Celephaïs e suas galeras navegando para o céu; e, embora seus sonhos o conduzissem para muitos lugares deslumbrantes e desconhecidos, ninguém com quem ele se encontrou soube dizer-lhe como achar Ooth-Nargai, além das Colinas Tanárias. Uma noite ele sobrevoou montanhas escuras onde havia lânguidas, solitárias fogueiras muito distantes umas das outras, e estranhos, felpudos rebanhos com tilintantes cincerros presos ao pescoço dos animais-guias. E na parte mais agreste dessa região montanhosa, tão remota que poucos homens poderiam tê-la conhecido, ele descobriu um muro ou passadiço de pedra terrivelmente antigo ziguezagueando por espinhaços e vales, gigantesco demais para ter sido construído por mãos humanas, e com tal comprimento que não se podia avistar nenhuma das extremidades. Além daquele muro no cinzento amanhecer ele chegou a uma terra de fantásticos jardins e cerejeiras, e quando o Sol surgiu ele contemplou tal beleza de flores vermelhas e brancas, folhagens e relvados verdes, sendas brancas, riachos cintilantes, minúsculos lagos azuis, pontes esculpidas e pagodes com tetos vermelhos, que por um momento, absorto em puro prazer, se esqueceu de Celephaïs. Mas lembrou-se novamente dela ao descer por um caminho branco em direção a um pagode de teto vermelho, e teria indagado das pessoas do lugar sobre ela, não houvesse ele descoberto que não havia ninguém lá, mas apenas pássaros e aves e borboletas. Noutra noite Kuranes subiu por uma longuíssima e úmida escada de pedra em espiral, e chegou à janela de uma torre com vista para uma imensa planície e um rio iluminados pela Lua cheia; e no silêncio da cidade que se expandia a partir da margem do rio pensou contemplar algum aspecto ou organização que havia conhecido antes. Ele teria descido e indagado sobre o caminho para Ooth-Nargai se uma terrível aurora não houvesse explodido de algum ponto remoto além do horizonte, revelando a ruína e antiguidade do lugar, e a estagnação do rio cheio de juncos, e a morte jazendo sobre aquela região, tal como havia jazido desde que o Rei Kynaratholis tinha retornado para casa depois de suas conquistas para enfrentar a vingança dos deuses.

Assim Kuranes procurou inutilmente a maravilhosa cidade de Celephaïs e suas galeras singrando no céu para Serannian, enquanto foi vendo muitas maravilhas e tendo numa ocasião escapado por pouco do sumo-sacerdote, que é proibido descrever, e que usa uma máscara de seda amarela sobre o rosto e mora sozinho num pré-histórico monastério de pedra, no frio e deserto planalto de Leng. Com o passar do tempo ele se sentiu tão incomodado com os tristes intervalos de vigília que começou a comprar drogas para aumentar seus períodos de sono. O haxixe o ajudava muito, e numa ocasião o mandou para uma parte do espaço onde não existe forma, mas onde gases incandescentes estudam o segredo da existência. E um gás violeta lhe disse que aquela parte do espaço estava fora do que ele havia chamado de infinito. Esse gás não havia ouvido falar de planetas e organismos antes, mas identificou Kuranes simplesmente como alguém do infinito onde existem matéria, energia e gravidade. Kuranes estava agora muito ansioso para voltar a sua Celephaïs cravejada de minaretes e aumentou suas doses de drogas; mas no fim não lhe sobrou nenhum dinheiro e ele não podia mais comprar as drogas. Então num dia de verão foi expulso de seu sótão e ficou caminhando desnorteado pelas ruas, vagueando sobre uma ponte até chegar a um lugar onde as casas se tornavam cada vez mais esparsas. E foi ali que sua realização aconteceu, e ele encontrou o cortejo de cavaleiros provindos de Celephaïs que o levaria até lá para sempre.

Belos eram esses cavaleiros, montados em cavalos sabinos e vestindo armaduras brilhantes e tabardos de tecido dourado curiosamente brasonados. Tão numerosos eram eles que Kuranes quase os tomou por um exército, mas seu líder lhe disse que foram enviados em sua homenagem, pois fora ele que em seus sonhos tinha criado Ooth-Nargai, razão pela qual seria agora nomeado seu principal deus para todo o sempre. Em seguida eles deram a Kuranes um cavalo e o puseram na frente do grupo, e todos galoparam majestosamente pelas colinas de Surrey e dali para a região onde haviam nascido Kuranes e seus ancestrais. Era muito estranho, mas à medida que os cavaleiros avançavam pareciam galopar através do Tempo, pois cada vez que passavam por uma aldeia no crepúsculo só viam casas e vilarejos semelhantes aos que Chaucer ou gente anterior a ele poderiam ter visto, e às vezes viam cavaleiros acompanhados por pequenos grupos de serviçais. Quando escurecia eles viajavam mais rápido, até estarem misteriosamente voando como se pairassem no ar. Na sombria alvorada chegaram a uma aldeia que Kuranes tinha visto cheia de vida em sua infância, e adormecida ou morta em seus sonhos. Agora ela estava viva, e aldeões madrugadores saudaram com muita cortesia quando os cavaleiros passaram ruidosamente pela rua e viraram tomando a viela que terminava no abismo do sonho. Kuranes só havia entrado antes naquele abismo durante a noite e se perguntava qual seria a aparência dele à luz do dia; assim ele observou atento à medida que o destacamento de cavaleiros se aproximava da beira do precipício. Exatamente quando eles galopavam subindo a viela na direção do abismo, um clarão dourado surgiu de algum ponto ao leste e cobriu a paisagem com suas resplandecentes cortinas. O abismo era agora um fervilhante caos de róseo e cerúleo esplendor, e vozes invisíveis cantavam exultantes enquanto o séquito de cavaleiros mergulhava na margem do precipício e flutuava graciosamente para o fundo ultrapassando nuvens cintilantes e coruscações prateadas. Descendo constantemente flutuaram os cavaleiros, seus cavalos pisando no éter como se galopassem sobre douradas extensões de areia; e depois os luminosos vapores se abriram para revelar um brilho maior, o brilho da cidade de Celephaïs, e a costa marinha mais adiante, e o pico nevado projetando-se sobre o mar, e as galeras vistosamente coloridas zarpando do porto rumo a regiões distantes onde o mar encontra o céu.

E Kuranes reinou a partir desse dia sobre Ooth-Nargai e sobre todas as vizinhas regiões oníricas, e ele reuniu sua corte alternadamente em Celephaïs e na Serannian, que é feita de nuvens. Ele ainda reina lá, e reinará feliz para todo o sempre, apesar de, abaixo dos penhascos de Innsmouth, as correntes do canal jogarem zombeteiras com o corpo de um andarilho que vagou cambaleando pela aldeia ao amanhecer; jogarem zombeteiras e o lançarem sobre os rochedos junto às Torres Trevor cobertas de heras, onde um cervejeiro milionário eminentemente obeso e particularmente desagradável desfruta a comprada atmosfera de extinta nobreza.

A BUSCA DE IRANON

TRADUÇÃO:
LENITA ESTEVES

EM TELOTH, a cidade de granito, entrou o jovem errante, coroado com folhas de videira, o cabelo louro reluzindo com mirra e o purpúreo manto rasgado pelos cardos do Monte Sidrak, que assoma do outro lado da antiga ponte de pedra. Os habitantes de Teloth são sombrios e austeros e moram em casas quadradas. Franzindo as sobrancelhas perguntaram ao estranho de onde ele vinha, qual era seu nome e qual a sua fortuna. Assim o jovem respondeu:

— Eu sou Iranon, e venho de Aira, uma cidade distante da qual me lembro apenas vagamente, mas que busco encontrar de novo. Sou cantor de canções que aprendi naquela cidade distante, e minha vocação é criar beleza a partir de coisas relembradas da infância. Minha riqueza consiste em fragmentos de memória e sonhos e em esperanças que canto em jardins quando a Lua é suave e o vento oeste agita os botões de lótus.

Quando os habitantes de Teloth ouviram essas coisas, murmuraram entre si; pois, embora na cidade de granito não existisse nem o riso nem o canto, os austeros habitantes às vezes contemplavam os Montes Karthianos na primavera e pensavam nos alaúdes da distante Oonai, que ouviram viajantes mencionar. E, pensando assim, eles convidaram o estranho a ficar e cantar na praça diante da Torre de Mlin, embora não gostassem da cor de seu manto esfarrapado, nem da mirra em seu cabelo, nem da grinalda de folhas de videira nem da juventude em sua voz cristalina. À noite Iranon cantou e, enquanto ele cantava, um ancião orou e um cego disse ver uma auréola sobre a cabeça do cantor. Mas a maioria dos habitantes de Teloth bocejou, e alguns riram e alguns foram para casa dormir, pois Iranon não lhes dizia nada que fosse útil, cantando apenas suas memórias, seus sonhos e suas esperanças.

"Eu me lembro do crepúsculo, da Lua e das canções suaves, e da janela junto à qual era embalado até dormir. E da janela via-se a rua de onde vinham luzes douradas, e onde dançavam as sombras sobre casas de mármore. Lembro-me do quadrado de luar sobre o chão, que não se parecia com nenhuma outra luz, e das visões que dançavam nos raios lunares quando minha mãe cantava para mim. E também me lembro do fulgurante Sol matinal sobre os inúmeros montes coloridos no verão e do perfume das flores trazido pelo vento sul que fazia as árvores cantaram.

"Ó Aira, cidade de mármore e berilo, como são numerosas as tuas belezas! Como amei os tépidos e fragrantes bosques do outro lado do hialino Nithra, as cascatas do minúsculo Kra fluindo pelo verdejante vale! Naqueles bosques e naquele vale as crianças teciam grinaldas umas para as outras, e ao anoitecer eu sonhava estranhos sonhos sob os pés de yath, no alto das montanhas, enquanto via lá embaixo as luzes da cidade e o curvilíneo Nithra refletindo uma fieira de estrelas.

A BUSCA DE IRANON

"E na cidade havia palácios de mármore raiado e colorido, com douradas cúpulas e muros pintados, e jardins verdejantes com lagos azuis e fontes cristalinas. Muitas vezes eu brincava nos jardins e caminhava dentro dos lagos, e ficava deitado entre as pálidas flores embaixo das árvores. E às vezes, ao pôr do Sol, eu subia a longa e estreita rua até chegar à fortaleza e ao espaço aberto, e lá de cima contemplava Aira, a cidade mágica de mármore e berilo, esplêndida em seu manto de ouro chamejante.

"Há muito tempo sinto saudades de ti, Aira, pois eu era apenas criança quando parti para o exílio; mas meu pai foi teu rei e vou voltar para ti, pois assim decretou o Destino. Por todas as sete terras eu te procurei, e algum dia vou reinar sobre teus bosques e jardins, tuas ruas e palácios, e cantar para gente que saberá por que canto e não se rirá de mim nem me dará as costas. Pois eu sou Iranon, que era um príncipe em Aira."

Naquela noite os homens de Teloth alojaram o estranho numa estrebaria, e de manhã um arconte foi ao seu encontro e mandou que ele fosse até a oficina do sapateiro Athok para tornar-se seu aprendiz.

— Mas eu sou Iranon, um cantor de canções — disse ele —, e não tenho inclinação nenhuma para o trabalho de sapateiro.

— Em Teloth todos têm de trabalhar — respondeu o arconte —, pois essa é a lei.

— Por que vós trabalhais? Não é para poderdes viver e ser felizes? E, se trabalhais apenas para trabalhardes mais, quando é que a felicidade vai encontrar-vos? Trabalhais para viver, mas a vida não é feita de beleza e música? E, se não suportais nenhum cantor entre vós, onde estará o fruto do vosso trabalho? Trabalho sem música é como uma viagem exaustiva que não tem fim. Não seria a morte mais agradável?

Mas o arconte se manteve calado sem entender e depois censurou o estranho:

— Tu és um jovem estranho, e não gosto nem de tua cara nem de tua voz. As palavras que proferiste são blasfemas, pois os deuses de Teloth disseram que o trabalho é bom. Nossos deuses nos prometeram um porto de luz além da morte, onde haverá descanso sem fim, e um frio cristalino em meio ao qual ninguém perturbará sua cabeça com pensamentos ou seus olhos com a beleza. Procura então o sapateiro Athok; caso contrário, deves sair da cidade até o pôr do Sol. Todos aqui devem servir, e canções são bobagens.

Assim, Iranon deixou a estrebaria e caminhou pelas estreitas ruas de pedra entre sombrias casas de granito, procurando alguma coisa verde no ar de primavera. Mas em Teloth nada era verde, pois tudo era de pedra. No rosto dos habitantes havia sinais de desaprovação, mas junto ao dique de pedra ao longo do preguiçoso rio Zuro sentado estava um menino de olhos tristes, fitando as águas para descobrir ramos com novos brotos trazidos lá dos montes pela correnteza. E o menino perguntou:

— Tu és de fato aquele de quem falam os arcontes, aquele que busca uma cidade distante numa região bela? Eu sou Romnod, nascido do sangue de Teloth, mas não velho como a cidade de granito, e anseio diariamente pelos bosques cálidos e as terras distantes onde há beleza e canções. Além dos Montes Karthianos situa-se Oonai, cidade de dança e alaúdes, que os homens sussurrando dizem ser ao mesmo tempo bela e terrível. Para lá iria eu, se tivesse idade suficiente para achar o caminho, e para lá deverias ir tu para poderes cantar e teres gente que te ouça. Vamos deixar a cidade de Teloth e viajar juntos por entre as colinas primaveris. Tu me mostras o caminho e eu vou ouvir tuas canções à noite, quando as estrelas uma a uma introduzem sonhos nas mentes de sonhadores. E, quem sabe, pode ser que Oonai, cidade de dança e alaúdes, seja mesmo a bela Aira que tu procuras, pois dizem que deixaste Aira há muito tempo, e um nome muitas vezes muda. Vamos para Oonai, ó Iranon da cabeça dourada, onde as pessoas vão ficar sabendo de nossos anseios e nos vão acolher como amigos, sem nunca ridicularizar ou desaprovar o que dizemos.

E Iranon respondeu:

— Assim seja, pequenino; se alguém neste lugar de pedra anseia pela beleza, deve buscá-la nas montanhas e além delas, e eu não te deixaria aqui para definhar junto ao preguiçoso Zuro. Mas não penses que prazer e compreensão moram logo ali do outro lado dos Montes Karthianos, ou em qualquer ponto que tu possas encontrar no fim de uma jornada de um dia, ou de um ano ou de um lustro. Olha, quando era pequeno como tu, eu morava no vale de Narthos, junto ao frígido Xari, onde ninguém queria ouvir meus sonhos; e prometi a mim mesmo que quando crescesse desceria para o sul na direção de Sinara, e cantaria para sorridentes cameleiros na praça do mercado. Mas quando fui para Sinara constatei que todos os cameleiros eram bêbados e indecentes, e percebi que as canções deles não eram como as minhas, de modo que viajei numa barcaça que descia o Xari para a cidade de Jaren, situada dentro de muros de ônix. E os soldados de Jaren se riram de mim e me expulsaram, e assim fui vagando por muitas cidades. Conheci Stethelos abaixo da grande catarata e contemplei o pântano onde outrora se erguia Sarnath. Estive em Thraa, Ilarnek e Kadatheron, às margens do sinuoso rio Ai, e morei por muito tempo em Olathoë, na terra de Lomar. Mas, embora eu tenha algumas vezes contado com ouvintes, eles sempre foram poucos, e sei que boas-vindas me aguardam apenas em Aira, a cidade de mármore e berilo onde meu pai outrora governou como rei. Por isso é Aira que devemos buscar, embora fosse bom visitar, do outro lado dos montes Karthianos, a distante Oonai abençoada por alaúdes, que pode de fato ser Aira, mas acho que não é. A beleza de Aira vai além da imaginação, e ninguém pode falar dela sem entrar em êxtase, ao passo que, referindo-se a Oonai, os cameleiros sussurram de modo malicioso.

Ao anoitecer Iranon e o pequeno Romnod partiram de Teloth, e por muito tempo vagaram em meio a colinas verdes e frescas florestas. O caminho era áspero e escuro, e eles nunca pareciam aproximar-se de Oonai, cidade de dança e alaúdes; mas à hora do crepúsculo, quando as estrelas surgiam, Iranon costumava cantar sobre Aira e suas belezas e Romnod ficava ouvindo, de modo que ambos se sentiam de certo modo felizes. Comiam muitas baguinhas vermelhas e outras frutas, e não notavam a passagem do tempo, mas muitos anos devem ter transcorrido. O pequeno Romnod agora não era mais tão pequeno, e falava com voz grave em vez de aguda, embora Iranon continuasse sempre o mesmo e enfeitasse seus cabelos com folhas de videira e os perfumasse com fragrantes resinas achadas nas matas. E assim aconteceu que um belo dia Romnod pareceu mais velho que Iranon, embora fosse muito pequeno quando Iranon o havia encontrado fitando as águas para descobrir ramos com novos brotos em Teloth, junto ao preguiçoso rio Zuro com suas margens de pedra.

Então numa noite de Lua cheia os viajantes chegaram ao topo de uma montanha e contemplaram lá embaixo a miríade de luzes de Oonai. Camponeses lhes haviam dito que estavam perto, e Iranon soube então que aquela não era Aira, a sua cidade natal. As luzes de Oonai não eram como as de Aira, mas sim intensas e ofuscantes, ao passo que as luzes de Aira brilhavam com suavidade e magia como brilhava o luar no chão junto à janela onde a mãe de Iranon outrora o embalara, cantando até ele dormir. Mas a cidade de Oonai era uma cidade de dança e alaúdes. Por isso Iranon e Romnod desceram a íngreme ladeira para poderem descobrir gente a quem canções e sonhos pudessem levar prazer. E quando entraram na cidade eles descobriram foliões com grinaldas de rosas na cabeça indo de casa em casa e debruçando-se em janelas e sacadas, que ouviam Iranon cantar e lhe atiravam flores e aplaudiam quando ele terminava uma canção. Então por um momento Iranon acreditou que havia descoberto gente que pensava e sentia exatamente como ele, embora a cidade não exibisse um centésimo da beleza de Aira.

Quando amanheceu, Iranon olhou ao seu redor desanimado, porque as cúpulas de Oonai não surgiam douradas à luz do Sol, mas cinzentas e lúgubres. E os habitantes de Oonai eram pálidos foliões embotados pelo vinho, e diferiam dos radiantes cidadãos de Aira. Mas, levando em conta que as pessoas lhe haviam atirado flores e aplaudido suas canções, Iranon ficou por lá, e com ele Romnod, que gostava das festanças da cidade e adornava seu cabelo escuro com rosas e murta. Muitas vezes à noite Iranon cantava para os foliões, mas ele se mantinha sempre igual, coroado apenas com folhas de videira das montanhas e lembrando-se das ruas de mármore de Aira e do hialino Nithra. Nos saguões com afrescos do Monarca ele cantou, em cima de uma plataforma de cristal montada sobre um chão que era um espelho, e enquanto cantava ele ia trazendo quadros para seus ouvintes até o chão parecer refletir coisas antigas, belas e parcialmente lembradas, em vez dos foliões avermelhados pelo vinho que lhe atiravam rosas. E o rei pediu que ele se desfizesse de seu esfarrapado manto púrpura e o vestiu com roupas de cetim e brocados de ouro, com anéis de verde jade e coloridos braceletes de marfim; e o hospedou num atapetado aposento cor de ouro que tinha uma cama de madeira delicadamente entalhada, com dossel e cobertas de seda bordadas com flores. Assim morou Iranon em Oonai, cidade de dança e alaúdes.

Não se sabe por quanto tempo Iranon permaneceu em Oonai, mas um dia o rei trouxe ao palácio alguns frenéticos e rodopiantes dançarinos do Deserto Liraniano e morenos flautistas de Drinen, no Oriente; depois disso os foliões atiravam suas rosas menos para Iranon e mais para os dançarinos e os flautistas. E dia após dia aquele Romnod que tinha sido um menininho na Teloth de granito tornava-se mais rústico e vermelho devido ao vinho, até que passou a sonhar cada vez menos e a ouvir com menos prazer as canções de Iranon. Mas, embora Iranon se sentisse triste, não deixava de cantar, e à noite narrava de novo seus sonhos sobre Aira, a cidade de mármore e berilo. Então, certa noite, o vermelho e gordo Romnod roncou muito alto em meio às sedas brocadas do seu divã de banquetes e morreu contorcendo-se, enquanto Iranon, pálido e esbelto, cantava para si mesmo num canto distante. E depois que Iranon havia chorado sobre a sepultura de Romnod e a havia coberto com ramos cheios de brotos verdes iguais àqueles de que Romnod gostava, ele se despojou de suas sedas e adornos e, esquecido, deixou Oonai, cidade de dança e alaúdes, trajando apenas seu esfarrapado manto púrpura, o mesmo traje do dia de sua chegada, e coroado com novas folhas de videira colhidas nas montanhas.

Vagando foi Iranon rumo ao Sol poente, ainda em busca de sua terra natal e de pessoas que entendessem e apreciassem suas canções e sonhos. Em todas as cidades da Cydathria e nas terras além do deserto de Bnazic crianças de caras alegres riam de suas canções antiquadas e de seu esfarrapado manto púrpura. Mas Iranon continuava sempre jovem, e usava guirlandas sobre a cabeça loura enquanto cantava celebrando Aira, deleite do passado e esperança do futuro.

Assim aconteceu que certa noite ele chegou ao esquálido casebre de um antigo pastor, curvado e sujo, que criava magros rebanhos numa pedregosa encosta acima de um charco de areia movediça. A esse homem Iranon dirigiu suas palavras, como havia feito a muitos outros:

— Podeis vós me dizer onde encontrar Aira, a cidade de mármore e berilo, onde flui o hialino Nithra e onde as cascatas do minúsculo Kra cantam para verdejantes vales e colinas cobertas de pés de yath?

E o pastor, ouvindo, ficou por um longo tempo olhando de um modo estranho para Iranon, como se evocando alguma coisa muito distante no tempo, e observou cada traço do rosto do estranho, e seu cabelo dourado, e sua coroa de folhas de videira. Mas ele era velho, e sacudiu a cabeça quando respondeu:

— Ó estranho, eu de fato ouvi o nome de Aira, e os outros nomes que tu proferiste, mas eles chegam até mim de vastidões de longos anos muito distantes. Ouvi esses nomes em minha juventude pelos lábios de um companheiro de brincadeiras, o filho de um mendigo dado a estranhos sonhos, que tecia longas histórias sobre a Lua e as flores e o vento oeste. Nós costumávamos rir dele, pois o conhecíamos desde seu nascimento, embora ele se julgasse filho de um rei. Ele era afável, exatamente como tu, mas cheio de insensatez e esquisitice; e fugiu quando era pequeno para achar quem escutasse com prazer suas canções e sonhos. Quantas vezes ele cantou para mim sobre terras que nunca existiram e coisas que nunca poderão existir! De Aira ele realmente falava muito; de Aira e do rio Nithra, e das cascatas do minúsculo Kra. Ele costumava dizer ter morado lá como um príncipe, embora nós o conhecêssemos desde o seu berço. Tampouco jamais existiu nenhuma cidade de Aira, nem gente que pudesse deleitar-se com estranhas canções, a não ser nos sonhos do meu antigo companheiro de brincadeiras Iranon, que se foi.

E no crepúsculo, quando as estrelas uma a uma apareceram, e a Lua lançou sobre o charco uma radiação semelhante àquela que uma criança vê tremular no chão enquanto é embalada para dormir à noite, caminhou para a letal areia movediça um homem muito velho trajando um esfarrapado manto púrpura, coroado com secas folhas de videira, o olhar fixo ao longe, como se pousado sobre douradas cúpulas de uma linda cidade onde sonhos são compreendidos. Naquela noite alguma coisa de juventude e beleza morreu no mundo antigo.

A NAU BRANCA

TRADUÇÃO:
VILMA MARIA DA SILVA

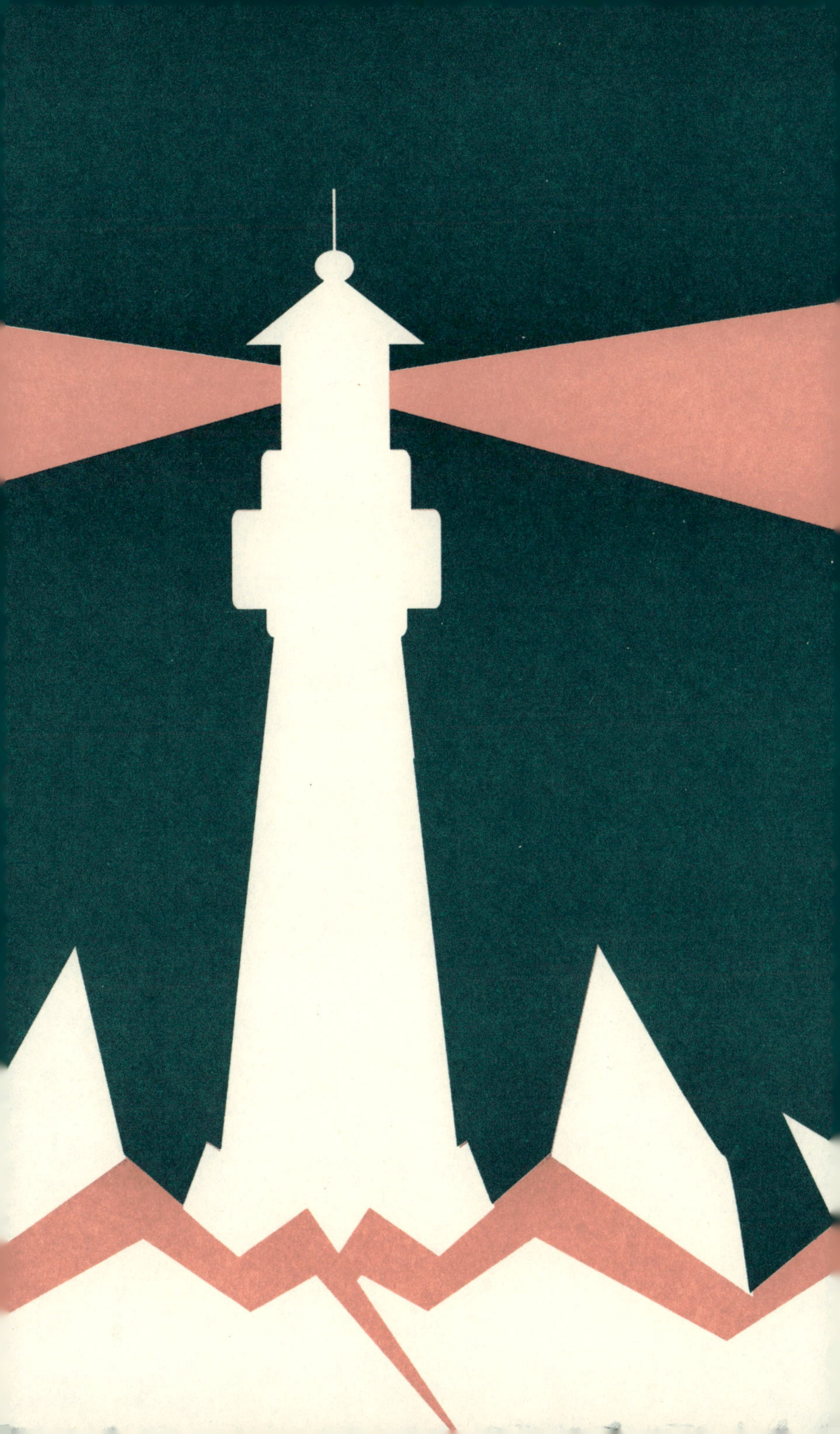

MEU NOME É Basil Elton, zelador do farol de North Point, do qual meu pai e meu avô foram zeladores antes de mim. Longe da costa eleva-se a torre cinzenta sobre rochas submersas cobertas de limo, visíveis na maré baixa, mas invisíveis na maré cheia. Há um século, seu facho luminoso guia os navios majestosos dos sete mares. No tempo de meu avô eram muitos; no tempo de meu pai, nem tantos; e agora, são tão raros que algumas vezes me sinto espantosamente solitário, como se fosse o último homem no nosso planeta.

De longes mares chegavam aqueles navios brancos de antigamente, das distantes costas do Oriente, onde os raios quentes do Sol e os doces aromas demoravam-se sobre estranhos jardins e templos vistosos. Os velhos comandantes do mar vinham sempre conversar com meu avô e lhe falavam dessas coisas, que ele repassava a meu pai e meu pai me contava nas longas noites de outono quando o vento uivava soturnamente do Leste. E tenho lido mais sobre esses assuntos e sobre muitos outros também nos livros que os navegantes me deram quando eu era jovem e fascinado com o maravilhoso.

Porém, mais maravilhoso que o saber de homens antigos e dos livros é o saber oculto do oceano. Azul, verde, cinza, branco ou turvo; calmo, encapelado ou volumoso, o oceano nunca está em silêncio. Eu o tenho observado e escutado durante toda a minha vida e o conheço bem. No início, ele só me falava das histórias triviais de praias tranquilas e de portos contíguos, mas com o tempo tornou-se mais amistoso e me falou de outras coisas; de coisas mais incomuns e mais distantes no espaço e no tempo. Algumas vezes, ao pôr do Sol, as brumas cinzentas do horizonte se retiram para me conceder visões fugidias de rotas que existem além; outras vezes, à noite, as águas profundas do mar tornam-se translúcidas e fosforescentes para me concederem vislumbrar rotas que existem abaixo. Frequentemente, essas visões são de rotas que existiram e rotas que podiam existir, tanto quanto de rotas que existem, pois o oceano é mais antigo que as montanhas e traz consigo as memórias e os sonhos do tempo.

Era do Sul que a Nau Branca costumava vir quando a Lua estava cheia e alta no céu. Emergia do Sul e deslizava plácida e calma sobre o mar. Estivesse o mar agitado ou calmo, o vento propício ou adverso, deslizava sempre silenciosa e placidamente, suas velas alheadas e seus longos e estranhos renques de remos movendo-se ritmicamente. Numa noite, avistei sobre o deque um homem barbudo e trajado com roupas cerimoniais; parecia acenar, chamando-me para embarcar rumo a aprazíveis margens desconhecidas. Muitas vezes depois eu o vi sob a lua cheia, e sempre me acenava.

A NAU BRANCA

A Lua brilhava muito luminosa na noite em que, respondendo ao seu chamado, encaminhei-me para a Nau Branca sobre uma ponte que os raios da Lua traçaram acima das águas. O homem pronunciou palavras de boas-vindas em uma língua suave que me pareceu conhecer bem, e as horas se preencheram das delicadas melodias dos remadores enquanto nos afastávamos rumo ao Sul misterioso, dourado pelo esplendor daquela afável Lua cheia.

E quando rompeu o dia, róseo e resplandecente, contemplei as praias verdejantes de terras longínquas, luminosas e belas, desconhecidas para mim. Acima do mar erguiam-se nobres terraços de verdor, ornamentado com árvores, exibindo por toda parte telhados brancos cintilantes e colunatas de estranhos templos. Quando nos aproximamos da verdejante praia, o homem barbudo me falou sobre aquela terra, A Terra de Zar, onde moram todos os sonhos e pensamentos belos que um dia se apresentam aos homens e depois são esquecidos. E quando de novo voltei-me para os terraços, percebi que ele dissera a verdade, pois entre as visões que se abriam diante de mim havia muitas que eu tinha vislumbrado antes entre as brumas além do horizonte e nas profundezas fosforescentes do oceano. Havia também formas e imagens mais esplêndidas que qualquer outra que eu já tivesse conhecido; visões de poetas jovens que morreram na miséria antes que o mundo pudesse conhecer o que tinham visto e sonhado. Mas não pisamos os prados inclinados de Zar, pois quem ali pisa, dizem, pode nunca mais retornar à sua terra natal.

Enquanto a Nau Branca navegava e se afastava silenciosamente dos terraços e templos de Zar, vimos no horizonte distante os pináculos de uma cidade poderosa; e o homem barbudo me disse:

— Essa é Talarion, a Cidade das Mil Maravilhas, onde moram todos aqueles mistérios que o homem tenta em vão penetrar.

Voltei a olhar mais atentamente, e notei que aquela cidade era maior que qualquer outra que eu conhecera ou vira em sonho. Os pináculos de seus templos penetravam no céu, de maneira que nenhum homem podia ver suas extremidades; e no fundo remoto, para além do horizonte, estendiam-se muralhas austeras e cinzentas; por cima delas podiam-se enxergar apenas alguns telhados sinistros e agourentos, ainda sim, adornados com ricos frisos e esculturas atraentes. Eu ansiava muito entrar nessa cidade fascinante, embora repelente, e pedi ao homem barbudo que me deixasse desembarcar no molhe, junto ao grande portal esculpido de Akariel, mas ele se negou com brandura a satisfazer meu desejo, dizendo:

— Muitos entraram em Talarion, a Cidade das Mil Maravilhas, mas ninguém retornou. Nela perambulam somente demônios e seres loucos que já não são humanos, e as ruas são brancas com os ossos insepultos daqueles que contemplaram a imagem de Lathi, que reina sobre a cidade.

E, na sequência, a Nau Branca singrou, deixando para trás as muralhas de Talarion, e seguiu durante muitos dias um pássaro que voava para o Sul, cuja plumagem brilhante competia com o céu de onde ele tinha surgido.

A NAU BRANCA

Depois, chegamos a uma costa agradável e deliciosa com flores de todas as cores, onde vimos, tão longe da costa quanto a vista pudesse alcançar, bosques atraentes e árvores refulgentes sob o Sol do meio-dia. Entre as ramagens soavam, escondidos de nossos olhos, cantos e enlevos de harmonia lírica entremeados de risos vagos tão deliciosos que, em minha avidez de apanhar a cena, instei aos remadores que avançassem. O homem barbudo não disse nada, mas me vigiou enquanto nos aproximávamos da praia atapetada de lírios. Repentinamente, soprou um vento dos prados floridos e das árvores frondosas, trazendo um aroma que me fez estremecer. O vento ficou mais forte e o ar tornou-se repleto de odor mortífero e sepulcral de cidades acometidas de pestilência e cemitérios exumados. E, enquanto nos afastávamos exasperados da abominável costa, o homem barbudo falou finalmente:

— Essa é Xura, a Terra dos Prazeres Inacessíveis.

E uma vez mais a Nau Branca seguiu o pássaro do céu sobre mares abençoados e cálidos, arejados por brisas acariciadoras e aromáticas. Dia após dia, noite após noite navegamos, e quando a Lua ficou cheia pudemos ouvir os afáveis cantos dos remadores, doces como naquela noite distante quando partimos de minha terra natal longínqua. E foi sob a luz da Lua que ancoramos finalmente na baía de Sona-Nyl, protegida por dois promontórios de cristal que se erguem do mar e se unem em um arco deslumbrante. Era a Terra da Fantasia, e fomos à sua praia verdejante sobre uma ponte dourada que a luz da Lua estendeu.

Na Terra de Sona-Nyl tempo e espaço não existem, nem sofrimento, nem morte; e ali vivi por muitas eras.

Verdejantes são os bosques e pastagens, luminosas e perfumadas as flores, azuis e musicais seus riachos, límpidas e frescas suas fontes, majestosos e deslumbrantes os templos, castelos e cidades de Sona-Nyl. Naquela terra não existem fronteiras, pois, além de cada imagem de beleza, erguem-se outras mais belas. Nos campos e entre o esplendor das cidades circulam a bel-prazer pessoas felizes, todas dotadas de encanto natural e felicidade genuína. Durante as eras que lá vivi vagueei venturosamente por jardins onde templos fantásticos despontavam entre as folhagens dos arbustos e onde os caminhos brancos estão orlados com delicadas flores. Subia doces colinas em cujos topos podia apreciar panoramas de beleza extasiante com povoados de graciosas torres, aninhados em vales verdejantes, assim como cidades colossais de domos dourados resplandecendo no horizonte infinitamente distante. E via à luz da Lua o mar cintilante, os promontórios de cristal e a enseada plácida onde estava ancorada a Nau Branca.

Numa noite do imemorial ano de Tharp, vi esboçar-se contra a Lua cheia o perfil do pássaro celestial que me acenava e senti as primeiras agitações da inquietude. Falei então com o homem barbudo e lhe contei do meu novo anseio de partir para a remota Cathuria, nunca vista por nenhum homem, embora todos acreditem localizar-se além das colunas basálticas do Ocidente. É a Terra da Esperança, e nela brilham os ideais perfeitos de tudo quanto sabemos haver alhures; ou pelo menos assim os homens dizem. Mas o homem barbudo disse-me:

— Cuidado com esses mares perigosos onde, dizem os homens, situa-se Cathuria. Em Sona-Nyl não existe nem dor nem morte, mas quem pode dizer o que existe além das colunas basálticas do Oeste?

Contudo, no plenilúnio seguinte embarquei na Nave Branca, e junto com o relutante homem barbudo deixei a auspiciosa enseada rumo a mares inexplorados.

O pássaro celestial ia adiante e nos conduzia na direção das colunas basálticas do Oeste, mas nessa ocasião os remadores não cantavam canções amenas sob a luz do luar. Eu, amiúde, representava na mente a desconhecida Terra de Cathuria com seus esplêndidos jardins e palácios e me perguntava que novos prazeres me esperavam. "Cathuria", dizia para mim mesmo, "é a morada dos deuses e a terra de inumeráveis cidades de ouro. Suas florestas são de aloés e sândalo, como os jardins perfumados de Camorin, e entre as árvores esvoaçam pássaros festivos que entoam cantos graciosos. Nas montanhas verdejantes e floridas de Cathuria elevavam-se templos de mármore rosa, ricos em suas pinturas e esculturas gloriosas; nos seus pátios, fontes refrescantes de prata murmuram a música encantadora das águas aromáticas que fluem da gruta, nascente do rio Narg. Muralhas douradas cercam as cidades de Cathuria, e sua pavimentação é também de ouro. Nos jardins dessas cidades há orquídeas incomuns e lagos perfumados, cujos leitos são de coral e âmbar. À noite, as ruas e jardins são iluminados com lampiões, criados da carapaça tricolor das tartarugas, e nessas horas ecoam as doces notas do cantor e seu alaúde. Todas as casas das cidades de Cathuria são palácios, construídos junto a um canal que leva as águas perfumadas do sagrado Narg. De mármore e pórfiro são as casas; os telhados são de ouro resplandecente que reflete os raios do Sol e realça o esplendor das cidades que os deuses bem-aventurados contemplam dos distantes picos. O mais belo de todos é o palácio do grande monarca, Dorieb, de quem alguns dizem ser um semideus e outros, que é um deus. Distinto é o palácio de Dorieb, e em suas muralhas erguem-se muitos torreões de mármore. Em seus amplos salões reúnem-se multidões e aí se acham os troféus de todas as épocas. Os tetos são de ouro puro, sustentados por altas colunas de rubi e lazulita, em que se acham esculpidas imagens de deuses e heróis tais que aquele que contempla aquelas alturas tem a impressão de estar vislumbrando o Olimpo vivo. O piso do palácio é de cristal, sob o qual fluem as águas habilmente iluminadas do Narg, animadas de peixes coloridos, desconhecidos além das fronteiras da encantadora Cathuria".

Assim dizia a mim mesmo de Cathuria, mas o homem barbudo me aconselhava sempre a voltar às praias ditosas de Sona-Nyl; esta era conhecida dos homens, ao passo que Cathuria ninguém jamais tinha visto.

Depois de trinta e um dias que seguíamos o pássaro, avistamos as colunas basálticas do Oeste. Estavam cobertas de névoa, de modo que ninguém podia ver além delas ou ver seus topos — alguns diziam que elas chegavam mesmo aos céus. O homem barbudo novamente me suplicou que retornássemos, mas não lhe dei atenção; pois da névoa além das colunas de basalto me pareceu que vinham as notas do cantor e seu alaúde, mais doces que a mais doce das canções de Sona-Nyl, e cantavam os meus próprios louvores; louvores a mim, que tinha vindo de longe sob a Lua cheia e morava na Terra da Fantasia.

A NAU BRANCA

Ao som da melodia, a Nau Branca entrou na bruma entre as colunas basálticas do Ocidente. Quando cessou a música e a bruma se levantou, vimos não a Terra de Cathuria, porém um mar impetuoso e irresistível, em meio ao qual nosso navio impotente era impelido a um rumo desconhecido. Chegou logo aos nossos ouvidos o ribombar distante de cataratas, e ante nossos olhos apareceu adiante no horizonte ao longe a espuma titânica de uma catarata monstruosa para onde os oceanos do mundo se precipitavam no nada abissal. Então o homem barbudo me disse com lágrimas no rosto:

— Recusamos a bela Terra de Sona-Nyl, que nunca mais voltaremos a contemplar. Os deuses são superiores aos homens, e vencem.

Fechei os olhos diante da queda que eu sabia iminente, sumindo de minha visão o pássaro celestial que batia suas zombeteiras asas azuis à borda da torrente.

Com o impacto, mergulhamos na escuridão e ouvi o grito de homens e seres que não eram homens. Ergueram-se do leste ventos tempestuosos, que me gelaram quando me agachei na laje úmida que tinha surgido sob meus pés. Ouvi outro estrondo e, quando abri os olhos, me vi sobre a plataforma do farol de onde eu tinha partido havia tantas eras passadas. Abaixo, delineava-se na obscuridade a silhueta vaga e enorme de uma embarcação que se despedaçava contra as rochas cruéis e, ao perpassar os olhos sobre o desastre, percebi que a luz tinha-se apagado pela primeira vez desde que meu avô assumira a tarefa de mantê-la.

E na última guarda da noite, quando entrei na torre, vi na parede um calendário que ainda permanecia tal como eu o havia deixado quando parti. De manhã desci e procurei os destroços sobre as rochas, mas o que achei foi apenas isto: um estranho pássaro morto, da cor do céu azul, e um único mastro quebrado, mais branco que as cristas das ondas e a neve da montanha.

Depois disso, o oceano não me contou mais os seus segredos; e, embora muitas vezes desde então a Lua cheia retorne e se eleve alta nos céus, a Nau Branca do Sul não apareceu nunca mais.

A MALDIÇÃO QUE ATINGIU SARNATH

TRADUÇÃO:
VILMA MARIA DA SILVA

EXISTE NA TERRA de Mnar um lago extenso e tranquilo que não é alimentado por nenhum rio e do qual nenhum rio flui. Dez mil anos atrás erguia-se sobre suas margens a poderosa cidade de Sarnath, mas Sarnath não existe mais.

Conta-se que em tempos imemoriais, quando o mundo era jovem, antes mesmo que os homens chegassem à terra de Mnar, outra cidade existia à beira do lago: a cidade de pedras cinzentas de Ib, tão antiga quanto o próprio lago, e habitada por seres não agradáveis de olhar. Eram seres muito estranhos e disformes, como efetivamente é a maioria dos seres de um mundo rudimentar e rusticamente construído. Está escrito nos blocos cilíndricos de Kadatheron que os seres de Ib eram de cor verde, tanto quanto eram o lago e a névoa que pairava sobre ele; tinham olhos volumosos, lábios estendidos e bambos, orelhas curiosas e não falavam. Também está escrito que eles desceram da Lua certa noite em um nevoeiro; eles, o grande e tranquilo lago e Ib, a cidade de pedras cinzentas. Seja como for, é certo que eles adoravam um ídolo, esculpido em pedra verde-mar, à semelhança de Bokrug, o grande sáurio aquático, diante do qual dançavam horrivelmente na ocasião da Lua cheia. E está escrito nos papiros de Ilarnek que um dia descobriram o fogo, e desde então acendiam fogueiras nas numerosas ocasiões cerimoniais. Mas os registros sobre esses seres são escassos, porque eles viveram em tempos muito antigos, e o homem é jovem, sabe bem pouco das criaturas que viveram em épocas muito remotas.

Depois de muitas eras, os homens chegaram à terra de Mnar; povos pastores de pele escura com suas ovelhas lanosas. Construíram Thraa, Ilarnek e Kadatheron às margens do sinuoso rio Ai. E certas tribos, mais audaciosas que as demais, avançaram até as margens do lago e construíram Sarnath num local onde o solo era rico em metais preciosos.

Não muito distante da cidade cinza de Ib, tribos nômades assentaram as primeiras pedras de Sarnath, e grande foi seu espanto diante dos seres de Ib. Mas ao seu assombro se mesclou a aversão, pois não concebiam que seres com semelhante aspecto andassem ao redor do mundo humano ao anoitecer. Tampouco apreciaram as estranhas esculturas sobre os monólitos cinzentos de Ib, pois aquelas esculturas eram terríveis em sua antiguidade. De que maneira os seres e as esculturas perduraram no mundo, mesmo depois do aparecimento do homem, ninguém pode explicar; a menos que fosse porque a terra de Mnar é muito pacata e afastada das outras terras, tanto das terras reais como as da fantasia e do sonho.

À medida que os homens de Sarnath conheciam mais os seres de Ib, sua aversão aumentava, e não pouco, porque descobriram que eram frágeis, flexíveis e moles

A MALDIÇÃO QUE ATINGIU SARNATH

como geleia ao contato de pedras, varas e flechas. Um dia, jovens guerreiros, arqueiros, lanceiros e atiradores avançaram contra Ib. Mataram todos os seus habitantes e, porque não desejavam tocar neles, empurraram seus estranhos corpos dentro do lago com longas lanças. E, porque não lhes agradavam os monólitos esculpidos de Ib, lançaram-nos também no lago; não sem ficarem espantados com o imenso trabalho que devia ter sido empregado para carregar as pedras de lugares tão distantes, uma vez que não existia nada parecido com essas pedras em toda a terra de Mnar nem nas terras vizinhas.

Assim, pois, nada sobrou da antiquíssima cidade de Ib, exceto o ídolo esculpido em pedra verde-mar que representava Bokrug, o sáurio aquático. Os guerreiros o levaram para Sarnath como símbolo de conquista sobre os antigos deuses e seres de Ib e como emblema de liderança em Mnar. Mas, na noite seguinte à instalação do ídolo no templo, algo terrível deve ter ocorrido, pois luzes misteriosas pairavam sobre o lago; pela manhã o povo descobriu que o ídolo tinha desaparecido e Taran-Ish, o sumo-sacerdote, estava morto, como se lhe tivesse assaltado um medo indescritível. Antes de morrer, Taran-Ish rabiscou com traços trêmidos e inseguros sobre o altar de crisólita o signo MALDIÇÃO.

Depois de Taran-Ish, sucederam muitos sumo-sacerdotes em Sarnath, mas nunca foi encontrado o ídolo de pedra verde. Muitos séculos se passaram, durante os quais Sarnath prosperou extraordinariamente, de modo que somente os sacerdotes e as mulheres velhas se lembravam do que Taran-Ish tinha rabiscado sobre o altar de crisólita. Entre Sarnath e a cidade de Ilarnek surgiu uma rota de caravanas, e os metais preciosos da terra foram trocados por outros metais, tecidos finos, joias, livros e ferramentas para os artesãos e todos os artigos de luxo conhecidos pelas pessoas que vivem ao longo do rio sinuoso de Ai e ainda mais longe. Sarnath desenvolveu-se poderosamente, adquiriu conhecimentos e tonou-se bela, enviando tropas para conquistar e subjugar as cidades vizinhas; com o tempo, levados ao trono, os reis de Sarnath reinavam sobre toda a terra de Mnar e muitas terras vizinhas.

Maravilha do mundo e orgulho de toda a humanidade era Sarnath, a magnífica. De mármore polido extraído do deserto eram suas muralhas, com trezentos cúbitos[1] de altura e setenta e cinco de largura, de modo que dois carros podiam passar ao mesmo tempo pela rota de vigilância no alto. De quinhentos estádios inteiros era a sua extensão, aberta apenas pelo lado que ficava na direção do lago, onde um dique de pedra verde-mar detinha as ondas que, estranhamente, se erguiam uma vez por ano no festival que celebrava a destruição de Ib. Em Sarnath havia cinquenta ruas, que iam do lago até a entrada das caravanas, e cinquenta mais que cruzavam com elas. Eram pavimentadas com ônix. Apenas aquelas por onde os cavalos, camelos e elefantes trafegavam eram pavimentadas com granito. Os portões de Sarnath eram tantos quanto as ruas que se abriam nos seus limites para o exterior, todos de bronze e flanqueados com figuras

---

[1] Unidade de medida utilizada no Egito Antigo.

de leões e elefantes esculpidos de uma pedra não mais conhecida entre os homens. As casas de Sarnath eram de ladrilhos esmaltados e calcedônia, cada uma delas com seu jardim cercado e tanque de cristal, edificadas com uma arte singular. Em nenhuma outra cidade havia casas como aquelas; os viajantes de Thraa, Ilarnek e Kadatheron se maravilhavam com as cúpulas brilhantes que as encimavam.

Porém, ainda mais maravilhosos eram os palácios, os templos e os jardins criados por Zokkar, o rei de tempos passados. Havia muitos palácios. O menor deles era maior que qualquer um de Thraa, ou de Ilarnek ou de Kadatheron. Eram tão soberbos que em seu interior podia-se sentir às vezes debaixo do próprio céu; além disso, quando suas luzes, alimentadas com o óleo de Dothur, eram acesas, suas paredes exibiam grandes pinturas de reis e exércitos de um esplendor que inspirava e ao mesmo tempo causava medo em quem as contemplasse. Eram muitas as colunas dos palácios, todas de mármore colorido e esculpidas com figuras de beleza insuperável. Na maioria dos palácios os pisos exibiam mosaicos de berilo e lápis-lazúli, sardônica e carbúnculo, como também outros materiais finos, dispostos de tal modo que o observador podia sentir-se caminhando por canteiros de flores as mais raras. Também havia fontes do mesmo modo criadas, que jorravam águas aromatizadas em repuxos aprazíveis arranjados com arte admirável. De maior esplendor era o palácio dos reis de Mnar e das terras adjacentes. Sobre dois leões de ouro agachados, assentava-se o trono, muitos degraus acima do piso cintilante. Era lavrado em uma única peça de marfim, e já não há homens vivos que conheçam de onde veio peça de tal magnitude. Nesses palácios havia também muitas galerias e muitos anfiteatros em que se batiam em luta homens, leões e elefantes para a diversão dos reis. Às vezes, os anfiteatros eram inundados com água trazida do lago por grandes aquedutos, e ali se encenavam lutas aquáticas agitadas, como também combates entre nadadores e seres marinhos mortais.

Imponentes e estupendos eram os dezessete templos de Sarnath em forma de torre, criados com pedras luminosas e multicoloridas, desconhecidas em outro lugar. Com mil cúbitos de altura, elevava-se a maior de todas elas. Ali os sumo-sacerdotes moravam com uma suntuosidade superada apenas pelos reis. No piso inferior, havia salões enormes e esplêndidos tanto quanto os dos palácios onde se reuniam multidões para cultuar Zo-Kalar, Tamash e Lobon, os principais deuses de Sarnath, cujos santuários envolvidos de incenso eram como os tronos dos monarcas. As imagens de Zo-Kalar, Tamash e Lobon não eram como as dos outros deuses: tão vivas pareciam que se podia jurar que eram os próprios deuses soberanos, de rostos barbados, que ocupavam os tronos de marfim. Por infindáveis escadas de zircônio, subia-se à câmara mais alta da torre, de onde os sumo-sacerdotes contemplavam a cidade, as campinas e o lago durante o dia; e, durante a noite, a enigmática Lua, as estrelas, os planetas misteriosos e seus reflexos no lago. Ali eram realizados os ritos arcaicos, absolutamente secretos, em abominação de Bokrug, o sáurio aquático, e ali permanecia o altar de crisólita que trazia a Maldição traçada por Taran-Ish.

A MALDIÇÃO QUE ATINGIU SARNATH

Igualmente maravilhosos eram os jardins criados por Zokkar, o rei dos tempos antigos. Ficavam situados no centro de Sarnath, cobriam uma grande área e estavam cercados por um alto muro. Estavam protegidos por uma grandiosa cúpula de cristal, através da qual brilhavam o Sol, e a Lua, e as estrelas, e os planetas quando o tempo estava limpo, e de onde pendiam imagens refulgentes do Sol e da Lua, e das estrelas, e planetas, quando o tempo estava nublado. No verão, os jardins eram refrigerados com brisas amenas e perfumadas habilmente produzidas por hélices e, no inverno, eram aquecidos por fogos ocultos, de modo que naqueles jardins era sempre primavera. Pequenas correntes de água fluíam entre seixos luzidios, atravessadas por muitas pontes, demarcando prados verdejantes e jardins multicoloridos. Eram muitas as cascatas em seus percursos e muitos os remansos cercados de lírios nos quais suas águas se estendiam. Nas correntes e remansos nadavam os cisnes brancos e, ao mesmo tempo, a música de pássaros raros ecoava junto com a melodia das águas. Em declives elaborados erguiam-se suas margens verdejantes, adornadas aqui e ali com parreiras de videiras e flores aromáticas, assentos de bancos de mármore e pórfiro. Havia ali muitos santuários e templos pequenos onde se podia repousar ou orar aos deuses menores.

Todo ano em Sarnath celebrava-se o festival da destruição de Ib. Vinho, música, dança e divertimentos de todo tipo eram abundantes. Grandes honras eram prestadas aos espíritos daqueles que tinham aniquilado os estranhos seres primitivos, e a memória daqueles seres e de seus deuses primevos era ridicularizada por dançarinos e músicos que tocavam alaúde, coroados todos com as rosas dos jardins de Zokkar. Os reis contemplavam o lago e amaldiçoavam os ossos que jaziam sob suas águas. Anteriormente, os sumo-sacerdotes não apreciavam esses festivais, pois tinham dado origem a histórias fantásticas de como o ícone verde-mar tinha desaparecido e como Taran-Ish tinha morrido de medo e deixado um aviso. Diziam que de suas altas torres algumas vezes viam luzes sob as águas do lago. Mas, como muitos anos tinham transcorrido sem calamidade, os sacerdotes riam e amaldiçoavam e se juntavam às orgias dos festejadores. Efetivamente, não tinham eles próprios frequentemente realizado em suas altas torres o rito secreto e muito antigo de abominação a Bokrug, o sáurio? E Sarnath, maravilha do mundo e orgulho de toda a humanidade, tinha atravessado ilesa mil anos de opulência e prazer.

Suntuoso, além do imaginável, foi o festival que celebrou o milênio da destruição de Ib. Durante uma década, falara-se dele na terra de Mnar. Quando se aproximou a data de sua realização, montados em cavalos, camelos e elefantes, vieram homens de Thraa, Ilarnek, Kadatheron, de todas as cidades de Mnar e de terras distantes. Na noite designada, foram armados pavilhões para príncipes e tendas de viajantes diante das muralhas de mármore, e toda a costa ecoou com a música dos festejadores. Em seu salão de banquete, Nargis-Hei, o rei, se embebedava, reclinado, com vinhos envelhecidos trazidos das adegas da conquistada Pnath, cercado de nobres festeiros e escravos sôfregos. Haviam-se deliciado com iguarias raras e variadas; pavões da ilha de Nariel, no Oceano Medial, cabritos das colinas distantes de

A MALDIÇÃO QUE ATINGIU SARNATH

Implan, talões de camelos do deserto de Bnazic, nozes e especiarias de Cydathrian e pérolas da marítima Mtal dissolvidas em vinagre de Thraa. Os molhos eram inúmeros, preparados por cozinheiros habilidosos de toda a Mnar e agradáveis ao paladar de todos os convivas. Mas a iguaria mais apreciada de todas eram os grandes peixes do lago, todos enormes, e servidos em travessas de ouro com incrustações de rubis e diamantes.

Enquanto no palácio o rei e os nobres festejavam e admiravam o prato principal que os aguardava disposto em bandejas de ouro, outros festejavam lá fora. Na torre do grande templo, os sacerdotes se divertiam e, nos pavilhões no exterior das muralhas, os príncipes das terras vizinhas também se divertiam. Foi o sumo-sacerdote Gnai-Kah quem primeiro viu as sombras que desciam da Lua cheia para o lago, como também a abominável névoa verde que se levantava das águas na direção da Lua e cobria com uma sinistra bruma as torres e as cúpulas da fatídica Sarnath. Depois, todos que estavam nas torres e no exterior das muralhas viram luzes estranhas sobre o lago; viram também que Akurion, a pedra cinzenta, que normalmente se elevava próximo da margem, estava quase submersa. Um pavor, ainda que obscuro, aflorou em todos imediatamente, de modo que os príncipes de Ilarnek e da distante Rokol desarmaram suas tendas e pavilhões e partiram dali na direção do rio Ai, embora mal soubessem a razão por que partiam.

E assim, perto da meia-noite, todos os portões de bronze de Sarnath se abriram violentamente e por eles irrompeu uma multidão desvairada que se espalhou e enegreceu a planície, de modo que todos os príncipes e viajantes que para ali vieram fugiram apavorados. Pois no rosto da multidão expressava-se uma loucura originada de um horror insuportável, e suas línguas soltavam palavras tão terríveis que ninguém que as ouvisse se detinha para testemunhar. Homens com olhos alucinados de pavor gritavam estrepitosamente ante o que tinham notado pela janela do salão de banquete do rei, onde já não viam nem Nargis-Hei, nem os nobres nem os escravos, mas uma horda indescritível de seres verdes, calados, com olhos bojudos, orelhas estranhas, lábios moles e esticados; seres que dançavam medonhamente, sustentando nas garras bandejas de ouro incrustadas de rubis e diamantes cheias de um fogo desconhecido. Os príncipes e viajantes, enquanto fugiam da cidade maldita de Sarnath em cavalos, camelos e elefantes, olharam para trás e viram que o lago prosseguia gerando névoas e que Akurion, a pedra cinzenta, tinha submergido totalmente.

Por toda a terra de Mnar e terras vizinhas, espalharam-se os relatos daqueles que tinham fugido de Sarnath. As caravanas nunca mais voltaram a buscar a cidade amaldiçoada e seus metais preciosos. Muito tempo se passou antes que algum viajante para ali fosse, e mesmo então apenas os jovens corajosos e aventureiros da distante Falona ousaram fazer a jornada: jovens aventureiros de cabelos louros e olhos azuis, que não tinham parentesco com os homens de Mnar. Esses homens chegaram de fato ao lago para contemplar Sarnath; mas não puderam ver a maravilha do mundo e orgulho de toda a humanidade, embora tivessem encontrado o imenso lago de águas tranquilas e a pedra cinzenta Akurion que se eleva à margem em grande altura sobre as águas. Onde uma vez havia muralhas de trezentos cúbitos e torres ainda mais altas, agora se estendiam apenas margens pantanosas, e onde antes tinham vivido cinquenta milhões de homens, agora rastejava o abominável réptil aquático. Nem mesmo as minas de metal precioso permaneceram, pois a maldição tinha caído sobre Sarnath.

Porém, afundado entre os juncos, descobriram um curioso ídolo esculpido em pedra verde; um ídolo antiquíssimo coberto de algas que representava a imagem de Bokrug, o grande sáurio aquático. Esse ídolo, relíquia conservada no grande templo de Ilarnek, foi adorado em toda a terra de Mnar sempre que a Lua cheia iluminava os céus.

OS GATOS DE ULTHAR

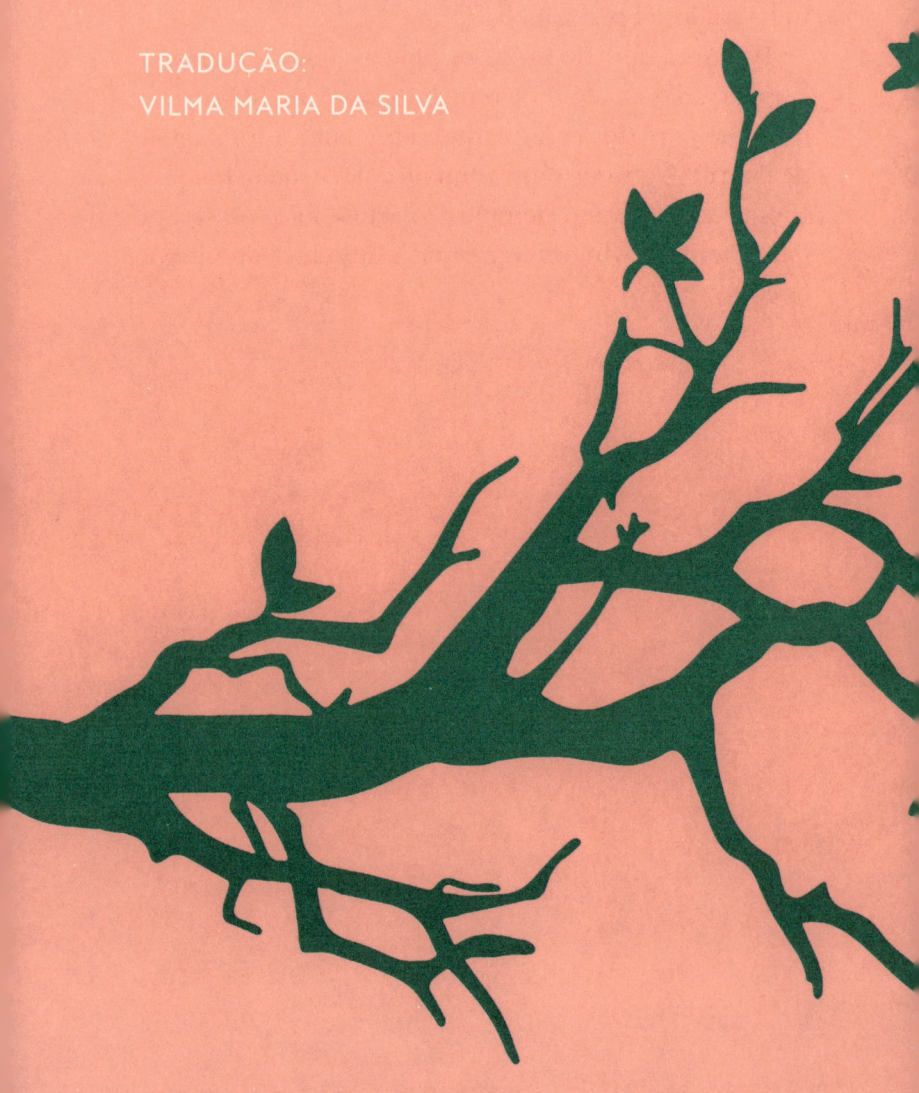

TRADUÇÃO:
VILMA MARIA DA SILVA

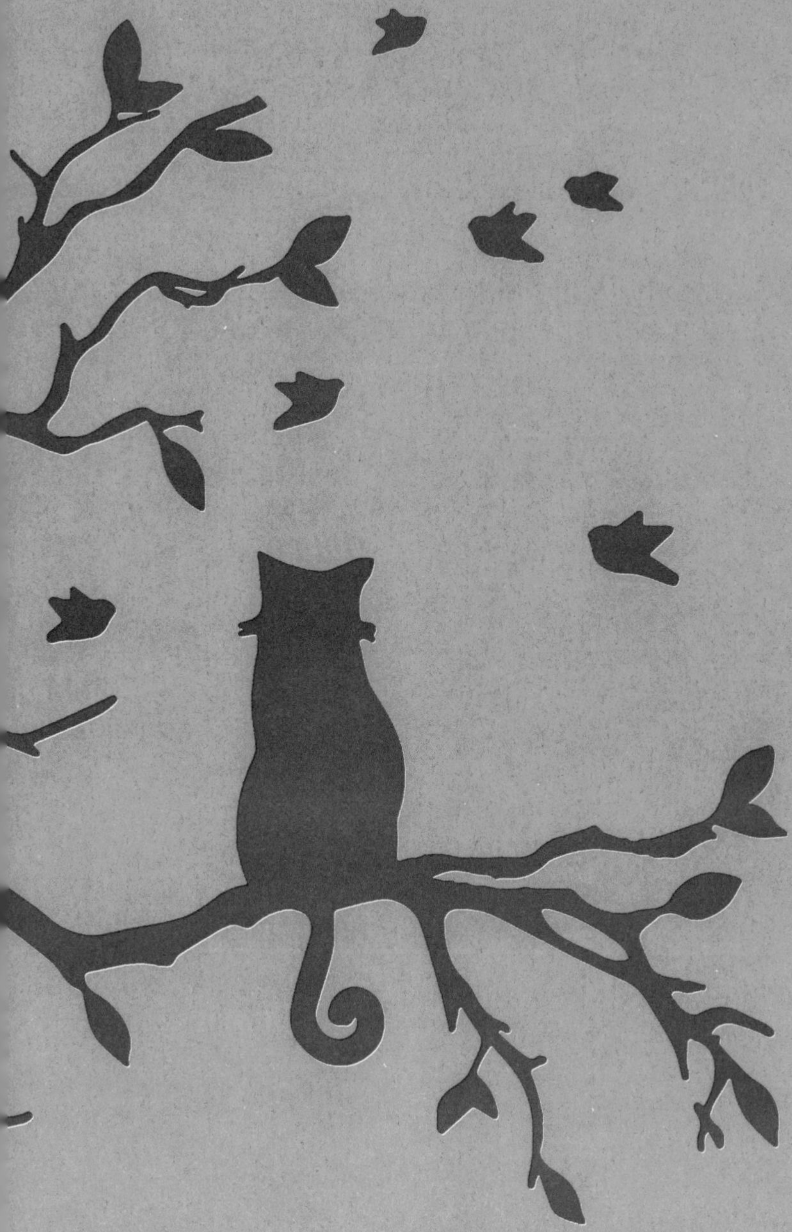

DIZEM QUE EM Ulthar, situada além do rio Skai, ninguém pode matar um gato; e nisso posso verdadeiramente acreditar quando contemplo aquele que repousa ronronando diante do fogo. O gato é misterioso e muito próximo das coisas incomuns que os homem não podem ver. Ele é a alma do Egito antigo e portador de histórias das cidades esquecidas de Meroë e Ophir. É parente dos senhores da selva e herdeiro dos segredos da velha e sinistra África. A Esfinge é sua prima, e ele fala a sua língua; mas ele é mais antigo que a Esfinge, e conserva a lembrança de coisas que ela esqueceu.

Em Ulthar, antes que os cidadãos proibissem a matança de gatos, viviam um velho campônio e sua esposa que se compraziam em apanhar e matar os gatos de seus vizinhos. Por que o faziam, não sei; apenas sei que muitos odeiam a voz dos gatos durante a noite e consideram maléfico que corram furtivamente pelos pátios e jardins ao entardecer. Mas, seja qual for a razão, esse velho e sua esposa sentiam prazer em apanhar e matar todos os gatos que se aproximavam de sua choupana; e, por alguns dos sons ouvidos depois do anoitecer, muitos aldeões supunham que o modo como matavam era extraordinariamente peculiar. Mas os aldeões não discutiam sobre essas coisas com o velho e sua mulher, em virtude da expressão habitual no rosto murcho de ambos e porque a choupana deles era muito pequena e muito sombriamente oculta sob carvalhos espalhados nos fundos de um desleixado quintal. Na verdade, muitos dos donos de gatos que odiavam essa gente esquisita não os temiam mais; em vez de acusá-los de assassinos brutais, apenas cuidavam para que seus bichanos amados, caçadores de camundongos, não se esgueirassem na direção da remota choupana sob as sombrias árvores. Quando, por algum inevitável descuido, um gato se perdia de vista e se ouviam sons depois do anoitecer, o dono apenas lamentava impotente; ou se consolava, agradecendo ao Destino por não ter sido um de seus filhos a desaparecer dessa maneira. Pois o povo de Ulthar era gente simples e não sabia de que lugar originariamente vieram todos os gatos.

Um dia, uma caravana de viajantes vindos do Sul entrou nas estreitas ruas de pedra de Ulthar; viajantes de pele escura e diferentes de outros andarilhos que passavam pela aldeia duas vezes ao ano. No mercado, liam a sorte em troca de prata e compravam rosários coloridos dos mercadores. Onde era a terra desses viajantes ninguém conseguia dizer, mas notava-se que se dedicavam a estranhas orações, e nas laterais de seus carros havia pinturas de figuras estranhas com corpos humanos e cabeça de gatos, falcões, carneiros e leões. O líder da caravana usava um ornato na cabeça com dois cornos, entre os quais havia um curioso disco.

OS GATOS DE ULTHAR

Havia nessa caravana singular um menino que não tinha pai nem mãe, mas apenas um gatinho preto para amar. A praga não tinha sido complacente com ele, mas tinha deixado essa criaturinha peluda para mitigar sua dor; quando se é muito jovem, pode-se encontrar um grande alívio nas peraltices graciosas de gatinhos pretos. Assim, o menino, a quem esse povo moreno chamava Menes, sorria mais frequentemente que chorava quando se punha a brincar com seu gatinho gracioso nos degraus de um carro pintado com aquelas figuras bizarras.

No terceiro dia da permanência dos viajantes em Ulthar, Menes não conseguiu achar seu gatinho; e como ele chorasse alto no mercado, alguns aldeões contaram-lhe sobre o velho e sua esposa e sobre os sons ouvidos à noite. Ao ouvir essas histórias, seus soluços deram lugar à reflexão e, por fim, à prece. Ele estendia os braços na direção do Sol e orava em uma língua que os aldeões não conseguiram entender; na verdade, os aldeões não fizeram muito esforço para entender, uma vez que a atenção deles se ocupava principalmente do céu e das estranhas formas que as nuvens adquiriam. Eram muito peculiares, mas, enquanto o menino pronunciava seu pedido, pareciam formar-se no céu figuras nebulosas e sombrias de coisas incomuns; criaturas híbridas ornadas com discos entre os cornos. A Natureza está cheia dessas ilusões que impressionam a imaginação.

Naquela noite, os viajantes partiram de Ulthar e nunca mais foram vistos. Mas os moradores ficaram perturbados quando notaram que em toda a aldeia não havia nenhum gato. O gato familiar de todas as casas tinha desaparecido; grandes e pequenos, pretos, cinzentos, malhados, amarelos e brancos. O velho Dranon, o burgomestre, jurou que o povo moreno tinha levado os gatos em vingança pela morte do gatinho de Menes e amaldiçoou a caravana e o menino. Mas Nith, o notário magrelo, declarou que o estranho campônio e sua esposa eram, muito provavelmente, as pessoas suspeitas, pois sua aversão aos gatos era notória e cada vez mais insolente. Contudo, ninguém se atreveu a acusar o casal sinistro, mesmo quando o pequeno Atal, o filho do hospedeiro, garantiu que na hora crepuscular do amanhecer tinha visto todos os gatos de Ulthar naquele maldito quintal sob as árvores; circulavam muito lentamente a passos curtos em volta da cabana, dois a dois, como se estivessem realizando algum rito bestial desconhecido. Os aldeões não sabiam em que medida podiam acreditar em um menino tão pequeno; e, embora temessem que o casal malévolo tivesse enfeitiçado os gatos até a morte, preferiram não admoestar o velho campônio até que o encontrassem fora de seu quintal sombrio e repelente.

Desse modo, Ulthar foi dormir tomada de uma raiva inútil; quando o povo acordou de manhã — oh! todos os gatos estavam de volta às suas lareiras habituais! Grandes e pequenos, pretos, cinzentos, malhados, amarelos e brancos, não faltava nenhum. Os gatos reapareceram ronronantes de satisfação, muito lustrosos e gordos. Os cidadãos comentaram entre si sobre o fato, e não foi pouco o espanto deles. O velho Kranon insistiu que o povo moreno tinha levado os gatos, uma vez que não retornariam vivos da cabana do ancião e sua esposa. Mas todos concordaram sobre uma coisa: a recusa de todos os gatos em comer suas porções de comida e beber suas cuias de leite era extraordinariamente curiosa. Durante dois dias inteiros, os brilhantes e preguiçosos gatos de Ulthar não tocaram na comida, mas apenas dormitaram junto do fogo ou ao sol.

Uma semana inteira transcorreu antes que os aldeões notassem que não havia luzes ao anoitecer nas janelas da choupana sob as árvores. Então, o magrelo Nith notou que ninguém tinha visto o velho ou sua esposa desde a noite do desaparecimento dos gatos. Na semana seguinte, o burgomestre decidiu, por uma questão de dever, vencer seu medo e chamar à porta da habitação estranhamente silenciosa. Contudo, ao fazê-lo, tomou o cuidado de levar consigo como testemunhas Shang, o ferreiro, e Thul, o cortador de pedras. Quando derrubaram a porta de junco, encontraram sobre o chão de terra apenas dois esqueletos humanos completamente descarnados e uma multidão de insetos curiosos arrastando-se nos cantos sombrios.

Posteriormente, entre os cidadãos de Ulthar correram muitos comentários. Zath, o juiz, polemizou com Nith, o notário magrelo; Kranon, Shang e Thul foram esmagados com perguntas. Até o pequeno Atal, o filho do hospedeiro, foi questionado com rigor e ganhou como recompensa um doce. Falavam do velho campônio e sua esposa, da caravana de viajantes de pele escura, do menino Menes e seu gatinho preto, das preces de Menes e do céu durante sua prece, do comportamento dos gatos na noite em que a caravana partiu, e do que depois encontraram na cabana sob as árvores sombrias no quintal repulsivo.

Por fim, os cidadãos aprovaram aquela lei fora do comum, mencionada pelos mercadores de Hatheg e debatida pelos viajantes de Nir; a saber, que em Ulthar ninguém pode matar um gato.

OS OUTROS DEUSES

TRADUÇÃO:
VILMA MARIA DA SILVA

NO CIMO DA MAIS alta montanha do mundo habitam os deuses da Terra, e não toleram que nenhum homem declare tê-los visto. Habitaram antigamente os picos mais baixos, mas os homens das planícies sempre subiam as encostas rochosas e cobertas de neve, afugentando-os para montanhas cada vez mais altas, até que hoje apenas lhes resta a última. Quando abandonaram as suas velhas montanhas, levaram consigo todas as suas insígnias, exceto uma, segundo contam, que deixaram entalhada na vertente da montanha a que deram o nome de Ngranek.

Atualmente habitam retirados no ermo gelado da desconhecida Kadath e se tornaram austeros, já que não contam com picos mais altos para fugir da presença humana. Tornaram-se inflexíveis e, se antes toleraram que os homens os expulsassem, agora proíbem que se aproximem; ou, caso ali venham, impedem-nos de retornar. É conveniente que os homens não saibam nada sobre Kadath no ermo gelado; do contrário, tentariam escalá-lo imprudentemente.

Às vezes, saudosos de seus antigos lares, os deuses da Terra visitam em noites quietas os picos onde antes viveram e choram ternamente enquanto experimentam recrear-se à maneira antiga nas relembradas encostas. Os homens têm notado as lágrimas dos deuses sobre o Thurai coberto de neve, embora pensem que seja chuva; e têm ouvido os suspiros dos deuses nos lamentosos ventos matinais de Lerion. Os deuses costumam viajar em naves de nuvens, e os sábios camponeses têm lendas que os levam a afastar-se de certos picos à noite quando o tempo está nublado, pois os deuses já não são indulgentes como no passado.

Em Ulthar, que fica além do rio Skai, viveu certa vez um velho ávido por conhecer os deuses da Terra; esse homem conhecia a fundo os sete livros crípticos de Hsan e estava familiarizado com os Manuscritos Pnakóticos da distante e gelada Lomar. Seu nome era Barzai, o Sábio, e os aldeões contam como ele subiu a montanha na noite do estranho eclipse.

Barzai sabia tanto sobre os deuses que podia falar de suas idas e vindas e decifrar tanto seus segredos que ele próprio se considerava um semideus. Foi ele quem aconselhou sabiamente os cidadãos de Ulthar quando aprovaram a notável lei contra a matança dos gatos e quem primeiro contou ao jovem sacerdote Atal aonde vão os gatos pretos à meia-noite da véspera de São João. Barzai era versado na tradição dos deuses da Terra e ficara tomado do desejo de ver seus rostos. Ele acreditava que seu vasto e secreto conhecimento dos deuses o protegeria de sua ira e, assim, decidiu subir ao topo da alta e rochosa Hatheg-Kla na noite em que, ele sabia, os deuses ali estariam.

OS OUTROS DEUSES

Hatheg-Kla fica distante no deserto rochoso além de Hatheg, do qual lhe proveio o nome, e se ergue como uma estátua de pedra em um templo silencioso. Névoas eternas agitam-se melancolicamente ao redor de seu pico, pois as névoas são as memórias dos deuses, e os deuses amavam Hatheg-Kla, quando ali viviam nos tempos antigos. Frequentemente, os deuses da Terra visitam Hatheg-Kla em suas naves de nuvem, lançando vapores pálidos sobre as encostas enquanto dançam suas reminiscências no topo sob a Lua luminosa. Os aldeões de Hatheg dizem que é nocivo escalar o Hatheg-Kla seja a que hora for, e mortal à noite, quando os vapores ocultam a Lua e seu topo; mas Barzai não lhes deu atenção quando ele veio da vizinha Ulthar acompanhado do jovem sacerdote Atal, que era seu discípulo. Atal era apenas o filho de um estalajadeiro e, às vezes, sentia medo; mas o pai de Barzai fora um nobre que vivia num castelo antigo e, portanto, Barzai não carregava a herança de superstições populares e apenas riu dos temerosos camponeses.

Barzai e Atal saíram de Hatheg rumo ao deserto rochoso, apesar das súplicas dos camponeses. À noite, acampados diante de suas fogueiras, conversavam sobre os deuses da Terra. Viajaram vários dias e viram ao longe o grandioso Hatheg-Kla com sua auréola de névoa melancólica. No décimo-terceiro dia, alcançaram a base solitária do monte; Atal falou de seus temores. Mas Barzai era velho e sábio, não tinha nenhum medo e assim abriu caminho corajosamente pela encosta que nenhum homem havia subido desde o tempo de Sansu, mencionado com terror nos embolorados Manuscritos Pnakóticos.

O caminho era rochoso e perigoso, com despenhadeiros, precipícios e desmoronamento de rochas. Mais adiante, tornou-se frio e nevado. Barzai e Atal escorregavam constantemente e caíam enquanto aparavam o caminho e se arrastavam dificultosamente para o alto com o auxílio de bastões e machadinhas. Por fim, o ar tornou-se rarefeito e o céu mudou de cor. Os escaladores se viram com dificuldade de respirar; mesmo assim continuavam a avançar para o alto e mais para o alto, maravilhados com a singularidade da paisagem e excitados diante da ideia do que sucederia no topo quando a Lua subisse e os vapores pálidos se espalhassem ao redor. Por três dias eles subiram, avançando cada vez mais para o alto, mais alto e mais alto rumo ao teto do mundo; então acamparam para esperar a Lua ficar encoberta pelas nuvens.

As nuvens não apareceram durante quatro dias, e a Lua derramava sua fria luminosidade entre a névoa tênue ao redor do píncaro silencioso. Foi então que na quinta noite, que era noite de Lua cheia, Barzai viu nuvens densas no norte ao longe. Ele e Atal permaneceram acordados para observá-las aproximar-se. Planavam espessas e majestosas, avançando lenta e decisivamente; estenderam-se ao redor do alto pico acima dos observadores, ocultando a Lua e o pico do olhar. Durante uma longa hora, os observadores ficaram contemplando os vapores que se adensavam turbilhonantes; o escudo de nuvens mais se adensava e mais agitado se tornava. Barzai era conhecedor da tradição dos deuses da Terra e prestava atenção em determinados sons, mas Atal sentiu o frio dos vapores e o terror da noite e estava apavoradíssimo. Quando Barzai retomou a escalada e acenou impacientemente, Atal deteve-se e demorava a segui-lo.

Os vapores eram tão densos que o caminho tornou-se muito árduo e, embora Atal o acompanhasse por fim, ele mal podia ver a forma cinza de Barzai na encosta acima, embaçada na luz da Lua enevoada. Barzai já ia muito longe e parecia, apesar de sua idade, subir muito mais facilmente que Atal; sem medo da inclinação que começava a tonar-se muito íngreme para qualquer um, exceto para um homem forte e destemido, ele não se deteve ante as grandes fendas negras que Atal mal conseguia saltar. E desse modo avançavam loucamente por rochas e precipícios, escorregando e tropeçando, e algumas vezes amedrontados ante a vastidão e o silêncio horrível dos tenebrosos e gelados píncaros e dos despenhadeiros de granito silenciosos.

Inesperadamente, Atal perdeu Barzai de vista ao escalar um rochedo terrível que parecia prolongar-se no ar e impedir a passagem a qualquer alpinista não inspirado pelos deuses da Terra. Atal estava muito abaixo, pensando no que devia fazer depois que alcançasse o local, quando curiosamente notou que a luz ficou intensa, como se o pico estivesse limpo de nuvens e o lugar de encontro dos deuses, iluminado pela Lua, estivesse muito perto. E, enquanto se arrastava na direção do penhasco saliente e do céu iluminado, ele sentiu o maior temor que já conhecera. Através da névoa acima ele ouviu a voz de Barzai gritando freneticamente de alegria.

— Eu ouvi os deuses! Eu ouvi os deuses da Terra cantando festivamente em Hatheg-Kla! Barzai, o Profeta, conhece as vozes dos deuses da Terra! As névoas são tênues e a Lua brilha, e verei os deuses dançando efusivamente na Hatheg-Kla que eles amavam na juventude! A sabedoria de Barzai o tornou maior que os deuses da Terra, e contra sua vontade suas magias e interdições nada podem; Barzai verá os deuses, os altivos deuses, os deuses ocultos, os deuses da Terra que não toleram a presença dos homens.

Atal não podia ouvir as vozes que Barzai ouvia, mas agora estava perto do rochedo saliente e o tateava à procura de apoios para os pés. Então ouviu a voz de Barzai gritando mais espalhafatoso:

— A névoa está muito rala e a Lua lança sombras sobre a encosta; as vozes dos deuses da Terra são altivas e coléricas, e eles temem a vinda de Barzai, o Sábio, que é maior que eles... A luz da Lua tremula enquanto os deuses dançam contra ela; eu verei as formas dançantes dos deuses que saltam e uivam à luz da Lua... O clarão está mais fraco e os deuses estão amedrontados...

Enquanto Barzai gritava essas coisas, Atal sentiu uma mudança espectral no ar, como se as leis da Terra estivessem curvando-se a leis maiores; pois, ainda que o caminho fosse mais íngreme que nunca, a subida tornara-se espantosamente fácil, e a saliência rochosa evidenciou-se um obstáculo insignificante quando ele a alcançou e se alçou perigosamente, saltando para sua face convexa.

A luz da Lua extinguiu-se estranhamente e, quando Atal avançou para cima através da névoa, ouviu Barzai, o Sábio, gritando nas sombras:

— A Lua escureceu, e os deuses dançam na noite; há terror no céu, pois desceu sobre a Lua um eclipse que não foi previsto nem pelos livros humanos nem pelos deuses da Terra... Há um poder mágico desconhecido em Hatheg-Kla, pois os gritos amedrontados dos deuses se converteram em risos, e as encostas de gelo se estendem infindavelmente aos céus em trevas para onde sou lançado... Hei! Hei! Enfim! Na luz esmorecida, eu vejo os deuses da Terra!

E agora Atal, rolando vertiginosamente para cima sobre inconcebíveis despenhadeiros, ouviu na escuridão uma terrível gargalhada, misturada a um grito de tal sorte que nenhum homem jamais ouviu, exceto no Flegetonte dos inenarráveis pesadelos; um grito que refletia o horror e a angústia de uma existência assombrosa, condensada em um único e atroz momento:

— Os outros deuses! Os outros deuses! Os deuses dos infernos exteriores que protegem os frágeis deuses da Terra!... Evite olhar!... Volte!... Não olhe!... Não olhe!... A vingança dos abismos infinitos... Essa amaldiçoada, essa abominável voragem... Piedosos deuses da Terra, estou caindo no céu!

E quando Atal, de olhos fechados e ouvidos tampados, tentava saltar para baixo em luta contra a apavorante força que o sugava para alturas desconhecidas, retumbou no Hatheg-Kla aquele terrível estrondo de trovão que acordou os bons camponeses da planície e os honestos cidadãos de Hatheg, Nir e Ulthar, e os impeliu a olhar entre as nuvens para aquele eclipse lunar estranho que nenhum livro jamais previu. E quando a Lua finalmente ressurgiu, Atal estava a salvo sobre as neves mais baixas da montanha, longe da vista dos deuses da Terra e dos outros deuses.

Já nos embolorados Manuscritos Pnakóticos relata-se que Sansu não encontrou nada além do silêncio das rochas e do gelo quando escalou o Hatheg-Kla no tempo em que o mundo era jovem. Mas, quando os homens de Ulthar, Nir e Hatheg superaram seus temores e escalaram aqueles assombrosos precipícios à luz do dia à procura de Barzai, o Sábio, encontraram gravado nas pedras nuas do topo um curioso símbolo ciclópico com cinquenta cúbitos de largura, como se a rocha tivesse sido lavrada por algum cinzel titânico. E o símbolo era igual àquele que os sábios encontraram naquelas passagens apavorantes dos Manuscritos Pnakóticos, muito antigas para permitir elucidação. Isso eles descobriram.

Nunca encontraram Barzai, o Sábio, nem conseguiram persuadir o santo sacerdote Atal a orar pelo descanso de sua alma. Além disso, até hoje o povo de Ulthar, Nir e Hatheg tem medo de eclipses e reza à noite quando os vapores esmorecidos ocultam a Lua e o topo da montanha. E acima das névoas de Hatheg-Kla os deuses da Terra dançam as memórias dos tempos passados; pois sabem que estão protegidos e gostam de vir da desconhecida Kadath nas naves de nuvem e de dançar como nos velhos tempos, do modo como faziam quando a Terra era jovem e os homens não escalavam regiões inacessíveis.

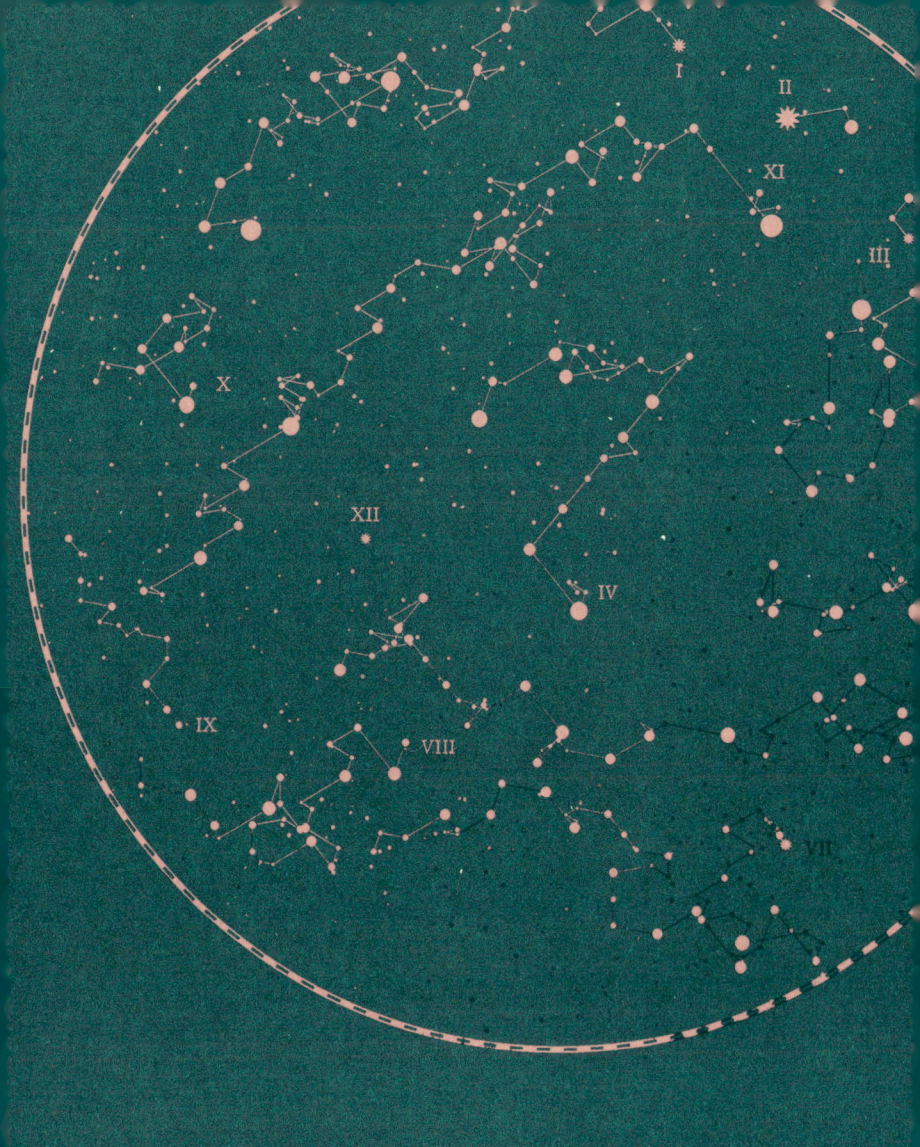

HIPNOS

TRADUÇÃO:
VILMA MARIA DA SILVA

"Relativamente ao sonho, essa aventura sinistra de todas as nossas noites, podemos dizer que os homens vão dormir todos os dias com uma audácia que seria incompreensível se não soubéssemos que ela provém da ignorância do perigo."

Baudelaire

POSSAM OS misericordiosos deuses, se verdadeiramente existem, proteger-me nessas horas, pois nem o poder da vontade nem as drogas que a astúcia humana inventa podem guardar-me do abismo do sonho. A morte é misericordiosa, já que não retornamos dela, mas para quem retorna das câmaras mais profundas da noite, perturbado e consciente, o repouso pacífico não existe jamais. Tolo que fui para, com tamanho frenesi, mergulhar em mistérios que homem algum pretendeu penetrar; tolo ou deus que ele era — meu único amigo, que me conduziu e foi adiante de mim, e quem no fim sofreu terrores que podem ainda ser meus.

Encontramo-nos, lembro-me, na estação de trem, onde ele estava rodeado de uma multidão de curiosos vulgares. Estava inconsciente, acometido de um tipo de convulsão que dava a seu corpo fraco e vestido de preto uma estranha rigidez. Acho que tinha perto de quarenta anos, pois seu rosto apresentava rugas profundas, faces consumidas e encovadas, embora ovais e verdadeiramente bonitas; traços grisalhos nos cabelos espessos e ondulados e uma barba cheia e curta que tinha uma vez sido de um negro vívido como as asas de um corvo. A fronte era branca como o mármore do Monte Pentélico, de uma imponência e largueza quase como a de um deus. Disse a mim mesmo, com todo o ardor de um escultor, que aquele homem era a estátua de um fauno originada da antiga Hélade, desenterrada das ruínas de um templo e trazida de algum modo à existência em nossa época sufocante, apenas para que sentíssemos o frio e a opressão de eras devastadoras.

Quando ele abriu os imensos olhos negros, afundados e selvagemente luminosos, eu soube que seria dali por diante meu único amigo — o único amigo de alguém que nunca possuiu nenhum antes —, pois vi que aqueles olhos deviam ter contemplado integralmente a grandeza e o terror de reinos que habitam além da consciência e realidade comuns; reinos que eu tinha afagado na imaginação, mas inutilmente perseguido. Assim que dispersei a multidão, disse-lhe que devia vir comigo para casa e ser meu mestre e líder nos mistérios impenetráveis. Ele consentiu sem pronunciar uma única palavra. Posteriormente, descobri que sua voz era uma música — a música de violas profundas e esferas transparentes. Conversávamos sempre à noite, também durante o dia, quando eu esculpia bustos dele e entalhava miniaturas de sua fronte em marfim para imortalizar suas expressões variadas.

HIPNOS

É impossível falar de nossos estudos, já que tinham tão pouca relação com as coisas do mundo tal como os homens o concebem. Versavam a respeito daquele universo mais vasto e mais assustador, de realidade e percepção obscuras, que habita em regiões mais profundas, além da matéria, do tempo e do espaço, cuja existência apenas suspeitamos em determinadas formas de sonho — aqueles sonhos raros que estão para além dos sonhos que nunca ocorrem ao homem comum, e a homens imaginativos ocorrem apenas uma ou duas vezes durante a vida. O cosmos de nosso conhecimento consciente nasce desse universo, tal qual a bolha que nasce do cachimbo de um humorista: roça-o apenas como a bolha pode roçar sua fonte de gracejos ao ser reabsorvida pela vontade do gracejador. Homens de ciência presumem algo dele, mas o ignoram na maior parte. Homens sábios interpretam sonhos, e os deuses riem. Um homem com ponto de vista oriental costuma dizer que o tempo e o espaço são relativos, e os homens dão risada. Mas mesmo esse homem com ponto de vista oriental nada mais tem feito que suspeitar. Eu tinha desejado e tentado fazer mais que suspeitar; meu amigo tentou e obteve êxito parcial. Então tentamos juntos e atraímos com drogas exóticas sonhos terríveis, proibidos e desejados no ateliê que ficava na torre do antigo solar do respeitável Kent.

Entre a agonia dos dias posteriores está a fonte principal dos tormentos: o indizível. Jamais poderei descrever o que descobri e vi naquelas horas de exploração ímpia — por falta de símbolos e precariedade sugestiva em qualquer língua. Digo isso porque, do começo ao fim, nossas descobertas participaram apenas da natureza das sensações; sensações que não têm correlação com nenhuma impressão que o sistema nervoso da humanidade comum é capaz de receber. Eram sensações, mas nelas havia elementos inacreditáveis de tempo e espaço — coisas que no fundo não possuem existência distinta e definida. Expressões humanas que melhor poderiam comunicar o caráter geral de nossas experiências seriam mergulhos abruptos ou voos instantâneos a planos altíssimos; pois, em todo o tempo da revelação, uma parte de nossa mente separou-se nitidamente do presente e de toda a realidade, despenhando-se etereamente em abismos escuros, impactantes e assustadores, e ocasionalmente irrompendo através de certos obstáculos típicos e bem marcados, apenas possíveis de descrever como nuvens ou vapores viscosos e ásperos. Nessa trajetória incorpórea e escura, voávamos algumas vezes apartados e, em outras, juntos. Quando íamos juntos, meu amigo estava sempre muito adiante de mim; apesar de incorpóreo, eu podia perceber sua presença por um tipo de memória pictórica por meio da qual seu rosto se tornava perceptível para mim, dourado por uma luz estranha e assustadora e de uma beleza sobrenatural, faces anormalmente jovens, olhos em brasa, a fronte olímpica, o cabelo escuro e a barba crescida.

Nada lembramos relativamente ao avanço do tempo, já que o tempo se havia tornado para nós uma mera ilusão. Sei apenas que devia haver algo muito singular envolvido, o que nos deixou efetivamente maravilhados, dado que nessa jornada não envelhecíamos. Nossos diálogos eram ímpios e sempre terrivelmente ambiciosos

— nem Deus nem o Demônio poderiam aspirar a descobertas e conquistas como as que planejamos secretamente. Eu tinha arrepios ao falar deles e não me atrevo a ser explícito, mas direi que meu amigo uma vez escreveu numa nota um desejo que não teve coragem de pronunciar verbalmente: me fez queimar o papel e olhar amedrontado pela janela o céu noturno reluzente de estrelas. Aludirei — apenas aludirei — que seus planos envolviam o governo do universo visível e muito mais; planos por meio dos quais a terra e as estrelas se moveriam a seus comandos, e o destino de todo ser vivo seria seu. Afirmo — juro — que eu não partilhava dessas aspirações extremas. Qualquer coisa em contrário que meus amigos tenham dito ou escrito deve ser considerada falsa, pois não sou um homem com o poder de enfrentar tramas bélicas inomináveis nas esferas ocultas onde alguém possa sozinho obter êxito.

Certa noite, os ventos dos espaços desconhecidos nos apanharam num vórtice e nos arrastaram irresistivelmente para o ilimitado vácuo além de todo o imaginável e existente. Percepções de um gênero enlouquecedor das mais inexprimíveis abateram-se sobre nós em profusão; percepções do infinito que dessa vez nos sacudiram de alegria, agora parcialmente perdidas em minha memória, também parcialmente incapaz de descrever outras. Os obstáculos viscosos se rasgavam em meio à rápida sucessão, e finalmente senti que tínhamos sido levados a reinos mais remotos que qualquer um dos que conhecemos anteriormente. Meu amigo estava muito mais adiante quando nos arrastávamos nesse oceano impressionante de éter virgem, e eu podia ver a alegria sinistra na imagem flutuante de seu rosto luminoso e muito jovem. Abruptamente, aquele rosto tornou-se tênue e logo desapareceu, e num tempo breve me vi projetado contra um obstáculo que não pude penetrar. Era como os demais, mas incalculavelmente mais denso; uma massa pegajosa e úmida, se é que esses termos podem ser aplicados como características análogas para uma esfera não material.

Tinha, eu percebi, sido detido por uma barreira que meu amigo e líder havia ultrapassado com êxito. Com esforço renovado, cheguei ao fim do sonho psicodélico e abri os olhos físicos no estúdio da torre em cujo canto oposto se recostava a figura de meu companheiro de sonho, pálido e ainda inconsciente, fantasticamente desfigurado e rusticamente belo à Lua que derramava uma luz dourada esverdeada sobre suas feições marmóreas. Depois de um breve intervalo, a figura no canto agitou-se; e possa o céu piedoso manter longe de minha vista e meus ouvidos uma coisa como aquela que se configurou diante de mim. Não consigo dizer como foram seus gritos ou que imagens de infernos imperscrutáveis raiaram por um segundo em seus olhos negros enlouquecidos de medo. Posso apenas dizer que desmaiei e não me mexi até que ele recobrou a consciência e me sacudiu em sua ânsia de que alguém o protegesse do horror e da desolação.

Assim terminaram nossas investigações voluntárias nas cavernas do sonho. Aterrorizado, abalado e cheio de pressentimentos, meu amigo, que tinha atravessado a barreira, me preveniu a nunca nos arriscarmos em nova aventura naqueles domínios. Ele não teve coragem de me contar o que tinha presenciado; mas me disse, pela vivência experimentada, que devíamos dormir o menos possível e mantermo-nos despertos, mesmo que para isso fosse necessário fazer uso de drogas. Que ele estava certo, logo descobri pelo medo inexprimível que me dominava toda vez que perdia a consciência. Depois de cada sono curto e inevitável, eu aparentava estar mais velho, e meu amigo envelhecia com uma rapidez tremenda. É horrível ver rugas surgirem e cabelos encanecerem bem diante de nossos olhos. Antes de vida reclusa, pelo que sei, meu amigo — cujo nome e origem reais nunca foram pronunciados pelos seus lábios — agora adquirira um medo frenético da solidão. À noite não conseguia ficar sozinho, nem o acalmava a companhia de algumas pessoas. Seu único alívio era obtido em festas mais frequentadas e tumultuadas, de modo que eram poucas as reuniões de gente jovem e alegre de que não participávamos. Nossa presença e idade pareciam estimular o escárnio de que me ressentia amargamente, mas que meu amigo considerava menos danoso que a solidão. Especialmente, tinha medo de se achar sozinho fora de casa, quando as estrelas brilhavam no céu e, se a circunstância o impedia de esquivar-se, olhava furtivamente para o céu como se o perseguisse dali alguma entidade monstruosa. Ele nunca olhava para o mesmo ponto do céu — olhava para diferentes pontos de acordo com as diferentes estações. Nas noites de primavera, podia ser que olhasse para o nordeste. No verão, podia olhar diretamente para o alto do céu. No outono, podia ser que olhasse para o noroeste. No inverno, podia ser que olhasse para o leste, principalmente nas altas horas da madrugada. As noites do solstício de inverno pareciam menos pavorosas para ele. Somente depois de dois anos pude relacionar esse medo com algo em particular; desde então, comecei a perceber que ele vigiava um ponto específico da abóbada celeste cuja posição nas diferentes estações correspondia à direção de seu olhar — ponto que indicava a localização aproximada da constelação da Coroa Boreal.

Nessa época, tínhamos um estúdio em Londres, nunca nos separamos, mas nunca conversávamos sobre os dias em que buscamos sondar os mistérios do mundo irreal. Estávamos velhos e debilitados pelas drogas, dissipações e esgotamento nervoso, e o cabelo e barbas ralos de meu amigo estavam brancos como neve. O fato de não necessitarmos de longos períodos de sono era surpreendente, considerando que raramente sucumbíamos mais que uma ou duas horas a essa escuridão que tinha tomado a forma de uma ameaça extremamente apavorante. Então sobreveio um janeiro de névoa e chuva, quando o dinheiro estava escasso e era dificultoso comprar drogas. Minhas estátuas e cabeças de marfim foram todas vendidas, e não tínhamos recursos para comprar novos materiais nem energia para talhar, ainda que os tivéssemos em mãos. Sofríamos terrivelmente, e numa noite meu amigo submergiu em um sono profundo com uma respiração densa, do qual eu não pude acordá-lo. Posso agora lembrar-me da cena — o estúdio em um sótão desolado e escuro como breu, sob o beiral do telhado açoitado pela chuva que caía; o tique-taque do relógio de parede; as batidas imaginadas de nossos relógios de bolso depositados sobre a penteadeira; o rangido de uma janela oscilante num remoto lugar da casa; os rumores distantes da cidade amortecidos pela névoa e pelo espaço; e o pior de tudo: a respiração profunda, uniforme e sinistra de meu amigo no beliche — uma respiração rítmica, que parecia determinar momentos de medo e agonia sobrenaturais de seu espírito enquanto vagava em esferas proibidas, inimagináveis e espantosamente remotas.

A tensão de minha vigília tornou-se opressiva, e uma torrente desenfreada de impressões triviais e associações invadiu minha mente já à beira da loucura. Ouvi as badaladas de um relógio em algum lugar — não dos nossos, pois estes não badalavam as horas — e minha mórbida fantasia viu nisso um novo ponto de partida para divagações ociosas. Relógios — tempo — espaço — infinito; logo minha imaginação voltou-se para o local enquanto eu refletia que, mesmo naquela hora, além do telhado, e da névoa, e da chuva, e da atmosfera, a Coroa Boreal se erguia no nordeste. A Coroa Boreal, que meu amigo parecia temer, e cujo semicírculo de estrelas cintilantes naquele instante mesmo devia brilhar invisível nos abismos incomensuráveis do éter. De repente, meus ouvidos febrilmente sensitivos pareceram detectar um componente novo e completamente distinto na mescla difusa dos sons ampliados pela droga — um choro baixo, abominavelmente insistente, procedia de algum lugar muito distante dali; sussurrava, clamava, zombava, chamava, e vinha do nordeste.

Não foi esse choro distante que me privou de minhas faculdades e me imprimiu na alma a estampa do terror, o que talvez nunca durante a vida eu consiga apagar; não foi o que me arrancou gritos e me causou as convulsões, fazendo os vizinhos e a polícia arrombarem a porta. Não foi o que ouvi, mas o que vi; naquele aposento escuro, com as janelas e as cortinas fechadas, surgiu vindo do escuro nordeste um feixe de horrenda luz rubro-dourada — um feixe de luz que não propagava luminosidade nenhuma na escuridão, mas que iluminou tão só a cabeça recostada do inquieto adormecido, projetando uma espantosa duplicidade do rosto-imagem do meu amigo, luminoso e estranhamente jovem, tal como eu o havia percebido nos sonhos de espaço abissal e tempo rompido, quando ele atravessou a barreira e adentrou nas cavernas secretas, mais recônditas e proibidas do pesadelo.

Enquanto observava, vi-o levantar a cabeça, os olhos negros, líquidos, encovados e fendidos de pavor, e abrir os lábios tênues e fluidos como se fossem desferir um grito extremo de terror. Ali naquele rosto espectral e flexível, enquanto resplendia incorpóreo, luminoso e rejuvenescido nas trevas, vibrava um terror mais copioso, espesso e mais alucinante que tudo quanto jamais presenciei no céu e na terra. Não pronunciou nenhuma palavra em meio ao som distante que se tornava cada vez mais próximo, mas, ao acompanhar o olhar desvairado do rosto-imagem a percorrer a trajetória daquele feixe de luz abominável até sua fonte, vi que também dela procedia o choro, e, por um breve instante, vi também o que ele via; os ouvidos zumbiram e desabei em um acesso de ruidosa gritaria e em convulsão epiléptica, o que atraiu os vizinhos e a polícia. Jamais poderia elucidar, por mais que tentasse, o que verdadeiramente era aquilo que vi; nem o rosto imóvel poderia fazê-lo, já que, embora deva ter visto mais do que eu, nunca mais voltará a falar. Mas sempre ficarei em guarda contra o trocista e insaciável Hipnos, senhor do sono, contra o céu noturno, contra a ambição louca da ciência e da filosofia.

O que aconteceu exatamente é uma incógnita, pois não apenas estava minha mente subjugada por estranhas e terríveis coisas, mas outras ficaram obscurecidas pelo esquecimento, o que pode significar que tudo não passou de delírio. Dizem, não sei por que razão, que eu nunca tive um amigo, mas que a arte, a filosofia e a insanidade dominaram toda a minha trágica vida. Os vizinhos e a polícia me acalmaram naquela noite, e o médico administrou algo para me tranquilizar, mas ninguém pressentiu o papel que a ação de um pesadelo exerceu. Meu amigo aniquilado não lhes suscitou nenhuma compaixão, mas o que eles encontraram no beliche do estúdio os animou a fazer-me um elogio que me enojou, uma fama que agora desprezo com desespero quando me sento por horas, extenuado, barbas grisalhas, crivado de rugas, paralítico, enlouquecido pela droga e destruído, adorando e louvando o objeto que eles encontraram.

Pois negam que vendi a última peça de minha estatuária e apontam extasiados o que um feixe brilhante de luz deixou frio, petrificado e mudo. Essa coisa é tudo que restou de meu amigo; o amigo que me levou à loucura e ao naufrágio; a cabeça em mármore de um deus; mármore esse que apenas a antiga Hélade podia produzir, jovem com uma juventude que está fora do tempo, e de um rosto belo e barbado, lábios curvos sorridentes, fronte olímpica, cabelos espessos e ondulantes, e coroado de papoulas. Dizem que aquele rosto-imagem obsedante foi esculpido por mim mesmo, quando o modelo tinha a idade de 21 anos, mas na base do mármore está gravado um único nome em letras áticas: —'ΥΠΝΟΣ.

A CHAVE DE PRATA

TRADUÇÃO:
ALDA PORTO

QUANDO COMPLETOU 30 anos, Randolph Carter perdeu a chave do portão dos sonhos. Antes dessa época, ele compensara a insipidez da vida cotidiana com excursões noturnas a estranhas e antigas cidades além do espaço e regiões ajardinadas adoráveis, incríveis, situadas do outro lado dos mares etéreos. Entretanto, à medida que a meia-idade foi impondo-se, ele passou a sentir que essas liberdades lhe escapavam pouco a pouco, até afinal desaparecerem por completo. Suas galeras não mais podiam navegar o rio Oukranos acima e passar pelos dourados pináculos de Thran, nem suas caravanas de elefantes avançar firmes pelas perfumadas selvas de Kled, onde repousam belos e intactos, sob a Lua, os esquecidos palácios com colunas de marfim frisadas.

Lera muito a respeito de coisas como são na realidade e conversara com demasiadas pessoas. Filósofos bem-intencionados o haviam ensinado a examinar as relações lógicas de tudo que existe e analisar os processos que formaram seus pensamentos e fantasias. Fora-se o encanto, e ele se esquecera de que toda a vida é apenas um conjunto de imagens existentes no cérebro, sem que haja diferença entre as nascidas de coisas reais e as originárias de sonhos íntimos, e sem nenhum motivo para valorizar umas acima das outras. O hábito ensinara-lhe, por meio de muita repetição, uma reverência supersticiosa ao que existe em âmbito tangível e físico e fizera-o envergonhar-se secretamente de concentrar-se em visões. Os sábios lhe haviam dito que suas fantasias simples eram infantis e sem sentido e nisso ele acreditou, pois deviam ser mesmo. O que não lhe ocorreu lembrar-se foi que as ações da realidade são igualmente sem sentido e infantis, até mais absurdas, pois os sonhadores se empenham em considerá-las cheias de sentido e intenção, enquanto o cego universo persiste em continuar a estudar, sem objetivo, do nada a alguma coisa e, mais uma vez, de alguma coisa ao nada, sem prestar atenção nem se interessar pelos desejos ou existência das mentes fugazes que tremulam por um instante, de vez em quando, e se consomem na escuridão como uma centelha efêmera.

Eles o haviam acorrentado às coisas existentes e, em seguida, explicado os funcionamentos dessas coisas até que todo o mistério saiu do mundo. Quando se queixou e almejou fugir para as regiões crepusculares, onde a magia dava forma a todos os pequenos fragmentos da vida e transformava as associações de sua mente em paisagens de emocionante expectativa e inextinguível prazer, eles o voltaram, em vez disso, para os recém-descobertos prodígios da ciência, convidando-o a encontrar maravilhas no vórtice do átomo e mistério nas dimensões do céu. E quando ele não conseguiu encontrar essas bênçãos em coisas cujas leis são conhecidas e mensuráveis, eles disseram que lhe faltava imaginação e era imaturo, porque preferia ilusões oníricas às ilusões de nossa criação física.

Por isso, Carter tentara fazer como o faziam os demais e fingiu que os acontecimentos e emoções comuns de mentes terrenas eram mais importantes que as fantasias de raras e delicadas almas. Não discordava quando lhe diziam que a dor animal de um porco esfaqueado ou de um lavrador dispéptico na vida real é mais importante que a beleza inigualável de Narath, a cidade com centenas de portões esculpidos e domos de calcedônia, da qual guardava uma vaga lembrança de seus sonhos; e, sob a orientação desses sábios, cultivava uma meticulosa sensação de compaixão e tragédia.

De vez em quando, porém, não podia deixar de ver como são superficiais, volúveis e insignificantes todas as aspirações humanas e o quão inutilmente nossos impulsos reais contrastam com esses ideais pomposos que professamos possuir. Então, tinha de recorrer ao educado sorriso que o haviam ensinado a usar contra a extravagância e artificialidade dos sonhos, pois via que a vida cotidiana de nosso mundo é igualmente extravagante e artificial e muito menos digna de respeito por causa de sua escassa beleza e tola relutância em admitir a própria falta de razão e propósito. Desse modo, tornou-se uma espécie de humorista, sem se dar conta de que mesmo o humor é inútil num universo estúpido, destituído de qualquer padrão verdadeiro de consistência ou inconsistência.

Nos primeiros dias dessa servidão, voltara-se para a tranquila fé bem-aventurada encarecida por ele pela ingênua confiança de seus pais, pois dela se estendiam caminhos místicos que pareciam prometer uma fuga da vida. Apenas sob uma observação mais apurada, percebeu a privação de fantasia e beleza, a banalidade rançosa e prosaica, a gravidade apalermada e as grotescas reivindicações de inabalável verdade que reinavam de forma cansativa e opressiva entre a maioria de seus professores; ou sentiu por completo a falta de jeito com que se tentava manter viva essa fé, como se fosse um fato literal a intenção de uma raça primitiva combater os medos e suposições superadas do desconhecido. Desgastava-o ver a solenidade com que as pessoas tentavam decifrar a realidade terrena a partir de velhos mitos que, a cada passo, eram refutados por sua vangloriosa ciência. Essa seriedade inapropriada eliminou o afeto que ele poderia ter mantido pelos antigos credos se estes se houvessem limitado a oferecer os ritos sonoros e desabafos emocionais em seu verdadeiro disfarce de fantasia etérea.

Mas quando passou a estudar aqueles que se haviam livrado dos velhos mitos, achou-os ainda mais desagradáveis dos que os haviam mantido. Não sabiam que a beleza está na harmonia e que o encanto da vida não segue nenhum padrão em meio a um universo sem objetivo, com exceção apenas de sua harmonia com os sonhos e os sentimentos que existiram antes e cegamente moldaram nossas pequenas esferas do resto do caos. Não viam que o bem e o mal, a beleza e a feiura não passam de resultados ornamentais de perspectiva, cujo único valor consiste em sua ligação com que o acaso fez nossos pais pensarem e sentirem, e cujos detalhes mais sutis são diferentes para cada raça e cada cultura. Em vez disso, negavam por completo todas essas coisas ou as transferiam para o âmbito dos instintos primitivos e vagos, os quais partilhavam com os animais e camponeses, fazendo que suas vidas se arrastassem malcheirosas em dor, feiura e desproporção, embora cheias de um ridículo orgulho por terem escapado de algo não mais insalubre que o que ainda os mantinha. Haviam trocado os falsos deuses do medo e a fé cega pelos da licenciosidade e anarquia.

 Carter não apreciava muito essas liberdades modernas, pois sua vulgaridade e sordidez indignavam um espírito amante apenas da beleza, assim como sentia a razão rebelar-se diante da frágil lógica com que os seus paladinos tentavam dourar um impulso bruto com uma santidade extraída dos ídolos que haviam descartado. Via que a maioria das pessoas, em comum com seu desacreditado sacerdócio, não podia escapar da ilusão de que a vida tem um significado diferente daquele com que os homens sonham; e não conseguia pôr de lado as ideias rudimentares de ética e obrigações além das de beleza, mesmo quando toda a natureza expressa, aos gritos, sua irracionalidade e impessoal amoralidade à luz das descobertas científicas. Desvirtuados e fanáticos com preconcebidas ilusões de justiça, liberdade e consistência, abandonaram o antigo saber, os antigos hábitos com as antigas crenças; jamais pararam para pensar que esse saber e esses hábitos eram os únicos geradores de seus presentes pensamentos e julgamentos, além de únicos guias e padrões num universo sem sentido, sem metas fixas nem estáveis pontos de referência. Após perderem essas configurações artificiais, suas vidas ficaram privadas de direção e interesse dramático, até por fim se esforçarem para afogar o tédio em agitação e pretensa utilidade, ruído e excitação, exibição bárbara e sensação animal. Quando tudo isso os deixou fartos, decepcionados e nauseados, a repugnância os fez reagirem, passando a cultivar ironia e amargura, além de criticar a ordem social. Jamais se deram conta de que seus rudes fundamentos eram tão instáveis e contraditórios quanto os deuses de seus anciões, e que a satisfação de um momento é a perdição do seguinte. A beleza tranquila, duradoura, só aparece em sonhos, e esse consolo o mundo descartara quando, em sua adoração do real, jogou fora os segredos da infância e inocência.

Em meio a esse caos de falsidade e inquietação, Carter tentou viver como convém a um homem de pensamento apurado e de boa herança familiar. Com seus sonhos se dissipando sob a idade e o sentido de ridículo, não conseguia acreditar mais em nada; no entanto, o amor pela harmonia mantinha-o próximo aos costumes de sua raça e posição social. Caminhava impassível pelas cidades dos homens e suspirava, porque nenhuma vista parecia inteiramente real, pois cada lampejo de luz solar amarela que entrevia em telhados altos, e cada vislumbre de praças guarnecidas de balaústres nas primeiras luzes acesas ao anoitecer servia apenas para fazê-lo lembrar-se dos sonhos que outrora conhecera, além de deixá-lo com saudade das terras etéreas que não mais sabia como encontrar. Viajar era apenas um escárnio; e nem sequer a Primeira Guerra Mundial provocou-lhe grande excitação, embora houvesse servido desde o início na Legião Estrangeira da França. Por algum tempo procurou amigos, mas logo se cansou da rudeza de suas emoções e da igualdade e do materialismo de suas visões. Sentiu uma vaga satisfação pelo fato de que todos os seus parentes estivessem distantes e sem manter contato com ele, pois nenhum saberia entender sua vida mental, isto é, a não ser talvez o avô e o tio-avô Christopher, porém, fazia muito tempo que ambos haviam morrido.

Então, começou mais uma vez a escrever livros, o que deixara para lá quando os sonhos o abandonaram pela primeira vez. Mas nisso também não encontrou qualquer satisfação nem realização, pois o toque terreno não lhe saía da mente e não lhe permitia pensar nas belas coisas como fizera outrora. Os lampejos de humor irônico derrubavam todos os minaretes crepusculares que erigia na imaginação, e o medo terreno da improbabilidade destruía todas as delicadas e maravilhosas flores em seus jardins feéricos. A suposta religiosidade convencional que atribuía às personagens impregnava-as de um sentimentalismo exagerado, ao mesmo tempo que o mito de uma realidade importante, de acontecimentos significativos e de emoções humanas depreciava-lhe toda a elevada fantasia e revelava-a como uma alegoria mal dissimulada e uma sátira social barata. Por isso, seus novos romances foram muito mais bem-sucedidos do que os antigos e, como sabia que tinham de ser muito vazios para agradar a uma multidão superficial, queimou-os todos e deixou de escrever. Tratava-se de romances muito graciosos, nos quais ele ria de modo urbano dos próprios sonhos que esboçava de leve, mas se deu conta de que a sofisticação deles lhes esgotara toda a vida.

Foi depois disso que passou a dedicar-se à ilusão deliberada e a interessar-se pelas ideias do bizarro e do excêntrico como um antídoto para os lugares-comuns. A maioria dessas, porém, logo revelou sua pobreza e esterilidade; ele viu que as populares doutrinas do ocultismo são tão áridas e inflexíveis quanto as da ciência, ainda que sem sequer o fraco paliativo de verdade para redimi-las. Estupidez total, falsidade e incoerência dos pensamentos não são sonhos, nem mesmo oferecem a possibilidade de fuga da vida real para uma mente com formação superior. Por isso, Carter comprou livros mais estranhos e procurou autores mais profundos e mais terríveis de erudição fantástica, aprofundou-se em mistérios da consciência que poucos estudaram e aprendeu coisas sobre as secretas profundezas da vida, lendas e antiguidade imemorial que o transtornaram para todo o sempre. Decidiu viver num plano mais raro, mobiliando sua casa de Boston para combinar com seus humores em constante transformação: um aposento para cada um destes, pintados de cores adequadas, equipados com livros e objetos condizentes e guarnecidos com fontes das sensações corretas de luz, calor, som, gosto e odor.

Certa vez, soube de um homem no Sul que era evitado e temido pelas coisas blasfemas que lia em livros pré-históricos e tabletes de argila contrabandeados da Índia e da Arábia. Visitou-o, morou com ele e partilhou seus estudos por sete anos, até o horror surpreendê-los em uma meia-noite, num cemitério desconhecido e arcaico, e só um saiu de onde dois haviam entrado. Em seguida, voltou para Arkham, a terrível e antiga cidade assombrada por bruxas, onde viveram seus antepassados na Nova Inglaterra, e fez experiências na escuridão, em meio aos antiquíssimos salgueiros e telhados de duas inclinações prestes a cair, que o fizeram selar para sempre certas páginas no diário de um antepassado. Mas esses horrores o levaram apenas ao limite da realidade, e não se tratava do verdadeiro território onírico que conhecera na juventude, de modo que, ao fazer 50 anos, perdeu toda a esperança de encontrar qualquer descanso ou contentamento num mundo que se tornou demasiado ocupado para a beleza e demasiado perspicaz para os sonhos.

Após ter-se dado conta, afinal, do vazio e da futilidade das coisas reais, Carter passava os dias em isolamento e em saudosas lembranças desconexas de sua juventude repleta de sonhos. Julgava um tanto tolo o fato de que se desse até mesmo ao trabalho de continuar vivendo, e obteve de um conhecido sul-americano um líquido muito curioso para levá-lo ao esquecimento final sem sofrer. Inércia e força de hábito, porém, fizeram-no adiar a ação, a demorar-se na vida indeciso entre pensamentos nos velhos tempos, tirar as estranhas tapeçarias das paredes e redecorar a casa como no início de sua juventude — painéis purpúreos, mobília vitoriana e tudo o mais.

Com a passagem do tempo, quase o alegrava a decisão de ter sobrevivido, pois as relíquias da juventude e a separação do mundo faziam a vida e a sofisticação parecerem muito distantes e irreais, a ponto de um toque de magia e expectativa tornar a se infiltrar em seus sonhos noturnos. Durante anos, essas sonolências haviam visto apenas reflexos distorcidos de coisas cotidianas, como veem os sonhadores mais comuns. Agora, contudo, retornava um lampejo de algo mais estranho e fantástico, de imanência vagamente impressionante, que assumia a forma de imagens claras e tensas de seus dias de infância e fazia-o pensar em coisinhas inconsequentes de que se esquecera havia muito tempo. Muitas vezes, acordava chamando a mãe e o avô, ambos em suas sepulturas por um quarto de século.

Então, uma noite o avô lembrou-o de uma chave. O idoso e encanecido acadêmico, tão real quanto em vida, falou longa e seriamente de sua antiga estirpe e das visões estranhas dos delicados e sensíveis homens que a formaram. Falou do expedicionário das Cruzadas de olhos chamejantes que se inteirou dos fantásticos segredos dos sarracenos que o mantinham cativo, além do primeiro Sir Randolph Carter, que estudaram magia quando reinava Elizabeth. Também falou de Edmund Carter, que acabara de escapar da forca no episódio das bruxas de Salem e guardara numa antiga caixa uma grande chave de prata legada pelos seus antepassados. Antes de Carter acordar, o amável visitante contara-lhe onde encontrar aquela caixa, uma caixa de carvalho esculpida, de arcaico prodígio, cuja tampa grotesca não fora levantada por mão alguma havia dois séculos.

Em meio ao pó e às sombras do grande sótão, encontrou-a, remota e esquecida nos fundos de uma gaveta numa alta cômoda. Tinha uns 30 cm^2 e suas esculturas góticas eram tão assustadoras que não se espantou que nenhuma pessoa houvesse ousado abri-la desde Edmund Carter. Não emitiu nenhum barulho quando sacudida, mas desprendeu o perfume místico de especiarias esquecidas. O fato de que continha uma chave na verdade não passava de uma vaga lenda, e o pai de Randolph Carter jamais soubera da existência daquela

A CHAVE DE PRATA

caixa. Envolta em ferro oxidado, não oferecia meio algum para destrancar a formidável fechadura. Carter teve a vaga compreensão de que encontraria ali dentro alguma chave para o perdido portão dos sonhos, mas de onde e como usá-la o avô nada lhe dissera.

Um velho empregado forçou a tampa esculpida, tremendo ao fazê-lo diante dos rostos medonhos que olhavam à espreita da madeira escurecida e por conta de uma familiaridade fora do comum. Dentro, embrulhada num pergaminho desbotado, uma imensa chave de prata deslustrada coberta com arabescos enigmáticos, mas sem conter nenhuma explicação legível. O pergaminho era volumoso e exibia apenas os estranhos hieróglifos de uma língua desconhecida escritos com um antigo junco. Carter reconheceu os caracteres iguais aos que vira num certo rolo de papiro pertencente àquele terrível estudioso do Sul que desaparecera à meia-noite num cemitério desconhecido. O homem sempre estremecia quando lia o rolo, e agora Carter também tremia.

Mas limpou a chave e mantinha-a ao seu lado todas as noites na aromática caixa de carvalho antigo. Enquanto isso, os sonhos se intensificavam em vividez, e, embora não lhe mostrassem nenhuma das estranhas cidades e incríveis jardins dos velhos tempos, adquiriam um aspecto definido cujo objetivo era inequívoco. Chamavam-no de volta a um passado remoto, com as vontades entrosadas de todos os seus antepassados que o impeliam para alguma origem oculta e ancestral. Então, deu-se conta de que devia entrar no passado e mesclar-se às coisas antigas, e dia após dia pensava nas colinas ao norte, onde assombrava a cidade de Arkham e se localizavam o impetuoso rio Miskatonic e a solitária propriedade rural rústica de sua gente.

Na tristonha luminosidade do outono, Carter tomou o antigo caminho guardado na memória e passou pelos graciosos contornos de colinas ondulantes e prados cercados por muros de pedra, pelo distante vale e bosque suspenso, pela estrada curva, pela aconchegante propriedade rural e pelos meandros cristalinos do Miskatonic, cruzado aqui e ali por pontes rústicas de madeira ou pedra. Numa curva, viu o renque de olmos gigantescos, entre os quais um antepassado desapareceu misteriosamente um século e meio antes, e estremeceu quando o vento soprou de maneira significativa por eles. Em seguida, surgiu a casa de fazenda caindo aos pedaços do velho feiticeiro Goody Fowler, com suas janelinhas diabólicas e grande telhado inclinado quase até o chão no lado norte. Acelerou o carro ao passar por ela e só diminuiu a velocidade depois de ter subido a colina onde sua mãe e os pais dela haviam nascido, e onde a antiga casa branca ainda contemplava orgulhosa, no outro lado da estrada, o belíssimo panorama de encostas rochosas e o vale verdejante, com os distantes pináculos de Kingsport no horizonte, e sugestões do mar arcaico e repleto de sonhos no segundo plano mais distante.

Então, descortinava-se a encosta mais íngreme que ostentava a antiga casa da família, que Carter não visitara fazia quarenta anos. A tarde já caíra havia muito quando chegou ao sopé, e, após a curva no meio do caminho, parou para admirar o extenso campo dourado e glorificado nas inclinadas torrentes de magia derramadas pelo Sol poente. Toda a estranheza e a expectativa de seus sonhos recentes pareciam presentes nessa silenciosa e celestial paisagem, e ele pensou na desconhecida solitude de outros planetas enquanto delineava, com os olhos, os gramados aveludados e desertos, brilhando ondulantes entre muros desmoronados, os arvoredos da feérica floresta realçando contornos infindáveis de colinas purpúreas ao longe e o espectral vale coberto de árvores a precipitar-se sombra abaixo rumo às cavidades úmidas, onde águas gotejantes sussurravam e gorgolejavam entre raízes inchadas e retorcidas.

Alguma coisa o fez sentir que motores não faziam parte do mundo que buscava; por isso, deixou o carro na borda da floresta, pôs a grande chave no bolso do casaco e seguiu, a pé, colina acima. As matas agora o envolviam totalmente, embora ele soubesse que a casa ficava num alto outeiro, onde se derrubaram as árvores, com exceção das do norte. Perguntou-se como estaria, porque ficara desocupada e não cuidada, devido à sua negligência, desde a morte desse estranho tio-avô Christopher, trinta anos antes. Na juventude, deleitara-se, ali, durante longas visitas e descobrira misteriosas maravilhas no bosque além do pomar.

Sombras se espessavam à sua volta, pois a noite se aproximava. A certa altura, abriu-se entre as árvores uma brecha à direita que lhe permitiu avistar léguas de prados no lusco-fusco do anoitecer ao longe e distinguir o velho campanário da Congregação no topo de Central Hill, em Kingsport; róseo com o último resplendor do dia, os vidros das janelinhas redondas em chamas com o fogo refletido. Então, quando se embrenhou mais uma vez em profunda sombra, lembrou-se, sobressaltado, que o vislumbre devia ter vindo apenas da memória infantil, pois a antiga igreja branca fora derrubada fazia muito tempo para dar lugar à construção do Hospital da Congregação. Lera a respeito com interesse, porque o jornal falara sobre algumas covas estranhas ou passagens descobertas na colina rochosa por debaixo dali.

Em meio ao seu atordoamento, uma voz se esganiçou e o fez sobressaltar-se de novo ao ouvir a conhecida entoação depois de tantos anos. O velho Benijah Corey, antigo empregado do tio Christopher, já era idoso mesmo naqueles tempos distantes de suas visitas juvenis. Agora devia ter bem mais de cem anos, porém, aquela voz esganiçada não podia vir de ninguém mais. Embora não distinguisse as palavras, o tom era obcecante e inconfundível. Imagine só que o "Velho Benijy" ainda estava vivo!

— Sinhozinho Randy! Sinhozinho Randy! Onde é que o sinhozinho está? Quer matar de medo sua tia Marthy? Não lhe mandou ficar perto da casa de tarde e voltar antes de escurecer? Randy! Ran...dyy! Nunca vi na minha vida menino que goste mais de sair correndo pro bosque, metade do tempo sonhando acordado em volta daquela toca de cobras no lote de madeira de cima! Ei, você, Randyy!

Randolph Carter parou na escuridão de breu e esfregou a mão nos olhos. Tinha algo de muito estranho. Achava-se num terreno onde não devia ter ido; desgarrara-se para lugares muito longe, os quais não faziam parte, e agora era indesculpavelmente tarde. Não notara a hora no campanário de Kingsport, embora pudesse tê-lo feito sem dificuldade com seu telescópio de bolso, mas sabia que esse atraso se tratava de alguma coisa muito estranha e sem precedente. Como não sabia ao certo se trouxera o pequeno telescópio, enfiou a mão no bolso da blusa para verificar. Não, não estava lá, mas ali estava a grande chave de prata que encontrara numa caixa em algum lugar. Tio Chris contara-lhe algo misterioso, certa vez, sobre uma velha caixa fechada com uma chave dentro; no entanto, tia Martha interrompera a história bruscamente, dizendo que não se devia contar esse tipo de coisa a uma criança cuja cabeça já era cheia demais de fantasias estranhas. Tentou lembrar-se do lugar em que encontrara a chave, mas alguma coisa parecia muito confusa. Supunha que houvesse sido no sótão da casa em Boston, e teve uma vaga lembrança de subornar Parks com metade de sua mesada semanal para ajudá-lo a abrir a caixa e manter segredo a respeito; quando se lembrou disso, contudo, o rosto de Parks surgiu muito estranho, como se as rugas de longos anos se houvessem instalado no londrino enérgico e baixinho.

— Ran...dyy! Ran...dyy! Oi! Oi! Randy!

Uma lanterna oscilante contornou a curva escura, e o velho Benijah se lançou sobre a forma silenciosa e confusa do peregrino.

— Maldito seja você, menino, então está aí! Não tem uma língua na cabeça que você não pode responder a uma pessoa? Já faz meia hora que estou chamando, e você deve ter-me ouvido há muito tempo! Não sabe que deixa sua tia Marthy toda nervosa por ficar aqui fora depois de escurecer? Espere até eu contar ao seu tio Chris quando ele chegar! Já devia saber que este bosque não é lugar adequado pra se andar a esta hora! Existem coisas aqui fora que não fazem bem a ninguém, como meu avô sabia muito bem antes de mim. Vamos, sinhozinho Randy, ou Hannah não vai guardar o jantar por mais tempo!

Assim, Randolph Carter se viu conduzido estrada acima, onde estrelas fascinantes tremeluziam através de altos ramos outonais. Cachorros latiam quando a luz amarela das janelas de vidros pequenos extinguia-se na última volta, e as Plêiades tremulavam através do outeiro aberto, onde se erguia um grande telhado de duas inclinações que ficou preto diante do escuro poente. Tia Martha esperava na entrada, e não ralhou muito severa quando Benijah empurrou o traquinas casa adentro. Conhecia o tio Chris bem o bastante para esperar essas coisas da família Carter. Randolph não mostrou a chave, mas comeu o jantar em silêncio e só protestou quando chegou a hora de ir para a cama. Às vezes, sonhava melhor acordado, e queria usar aquela chave.

De manhã, levantou-se cedo e se teria precipitado para o lote superior de madeira se o tio Chris não o tivesse agarrado e obrigado a sentar-se na cadeira junto à mesa do café da manhã. Olhou impaciente a sala de teto baixo inclinado em volta, com o tapete de retalhos, vigas expostas e colunas de canto, e sorriu apenas quando os ramos do pomar roçaram os vidros da janela dos fundos. As árvores e as colinas estavam perto dele e formavam os portões daquele reino atemporal que era seu verdadeiro território.

Depois, quando o liberaram, apalpou o bolso de sua blusa à procura da chave; e ao se tranquilizar, porque estava ali, saiu saltitante e atravessou o pomar até sua inclinação mais longe, de onde a colina arborizada tornava a se elevar às alturas acima até mesmo do outeiro sem árvores. O solo da floresta era musgoso e misterioso, e grandes rochedos cobertos de líquen erguiam-se vagamente aqui e ali à luz fraca como monólitos druidas, em meio aos volumosos e retorcidos troncos de um bosque sagrado. Uma vez em sua subida, Randolph transpôs um rápido riacho cujas cascatas um pouco adiante entoavam feitiçarias rúnicas para os faunos, sátiros e dríades.

Em seguida, chegou à estranha caverna na encosta da floresta, a temida "toca de cobras" que o pessoal da região evitava, e da qual Benijah advertiu-o repetidas vezes para que ficasse longe. Era profunda, muito mais profunda do que ninguém, senão Randolph, desconfiava, pois o menino descobrira uma fissura no mais afastado canto escuro que conduzia a uma gruta elevada e fora de alcance — um lugar sepulcral mal-assombrado cujas paredes de granito ostentavam uma curiosa ilusão de artifício consciente. Nessa ocasião, entrou de quatro como sempre, iluminando o caminho com fósforos furtados do porta-fósforos da sala de estar, e avançando pela fenda final, com uma ânsia difícil de explicar até para si mesmo. Não sabia dizer o porquê de ter-se aproximado da parede mais afastada tão confiante, nem o porquê de ter retirado instintivamente do bolso a grande chave de prata ao fazê-lo. Mas adiante avançou, e quando naquela noite voltou para casa a dançar, não apresentou desculpas pelo atraso, nem prestou a mínima atenção às reprovações que recebeu por ignorar por completo o chamado de chifre da hora do almoço.

Agora, todos os parentes distantes de Randolph Carter concordaram que ocorrera alguma coisa para intensificar-lhe a imaginação quando ele tinha 11 anos. O primo dez anos mais velho, Ernest B. Aspinwall, de Chicago, lembra com muita nitidez uma mudança no menino depois do outono de 1883. Randolph assistira a cenas de fantasia que poucos outros haviam visto em vida, e ainda mais estranho eram algumas das qualidades que mostrava em relação às coisas muito mundanas. Parecia, em suma, haver adquirido um estranho dom de profecia e reagia de modo incomum a coisas que, embora na época parecessem sem sentido, acabaram, mais tarde, sendo demonstradas capazes de justificar as singulares impressões. Nas décadas posteriores, com o surgimento de novas invenções, novos nomes e novos acontecimentos — um por um no livro de história —, as pessoas de vez em quando lembravam, admiradas, que anos antes Carter deixara escapar algumas palavras descuidadas de inequívoca relação com o que ainda se encontrava no distante futuro. Ele próprio não as entendia, nem sabia por que certas coisas o faziam sentir certas emoções, mas imaginava que isso se devesse a algum sonho esquecido. Já em 1897, empalidecia quando algum viajante se referia à cidade francesa de Belloy-en-Santerre, e amigos se lembraram depois de quando ele fora quase mortalmente ferido ali em 1916, enquanto servia com a Legião Estrangeira na Primeira Guerra Mundial.

Os parentes de Carter falam muito dessas coisas, porque ele desapareceu faz pouco tempo. O velho e baixinho empregado Parks, que por anos suportou paciente suas excentricidades, viu-o pela última vez na manhã em que partiu sozinho, em seu carro, com

A CHAVE DE PRATA

uma chave que recém-encontrara. Parks ajudara-o a tirar a chave da velha caixa que a continha, sentindo-se estranhamente perturbado pelas grotescas esculturas na caixa e por alguma outra estranha característica que não sabia descrever. Ao partir, Carter dissera que ia visitar sua velha terra ancestral, perto de Arkham.

Na metade do caminho, Elm Mountain acima, rumo às ruínas da velha propriedade Carter, encontraram seu carro estacionado com todo cuidado no acostamento, e dentro uma caixa de madeira perfumada com esculturas em baixo-relevo que apavoravam os homens do campo que com ela se deparavam. A caixa continha apenas um estranho pergaminho cujos caracteres nenhum linguista nem paleógrafo conseguiria decifrar ou identificar. A chuva apagara havia muito quaisquer pegadas possíveis, apesar de que investigadores de Boston tiveram algo a dizer sobre indícios de desordem entre as madeiras tombadas da mansão Carter. Declararam que era como se alguém houvesse tateado, no escuro, as ruínas num período recente. Encontrou-se um lenço branco comum entre as rochas da floresta na encosta, mas não se pôde identificá-lo como pertencente ao homem desaparecido.

Falam em repartir os bens de Randolph Carter entre seus herdeiros, mas hei de me opor firmemente, porque não acredito que ele esteja morto. Há distorções de tempo e espaço, de vista e realidade, que só um sonhador pode adivinhar; e, pelo que conheço de Carter, acho que ele apenas encontrou um meio de percorrer esses labirintos. Não sei se algum dia ele retornará ou não. Queria as terras oníricas que perdera, e sentia muita saudade dos dias de sua infância. Então, encontrou uma chave, e de algum modo creio que conseguiu usá-la para estranhas finalidades.

Hei de perguntar-lhe quando o vir, pois espero encontrá-lo em breve numa certa cidade onírica que ambos costumávamos visitar. Circulam rumores em Ulthar, além do rio Skai, de que um novo rei ocupa o trono de opala em Ilek-Vad, aquela fabulosa cidade de torres no alto dos penhascos côncavos de cristal, que dominam o mar crepuscular onde os Gnorri, seres barbudos e providos de barbatanas, construíram seus labirintos singulares, e acho que sei como interpretar esses rumores. Com certeza, aguardo impaciente a visão daquela grande chave de prata, porque em seus arabescos enigmáticos talvez se encontrem simbolizados todos os desígnios e mistérios de um cosmo cegamente impessoal.

A ESTRANHA CASA ALTA NA NÉVOA

TRADUÇÃO:
ALDA PORTO

DE MANHÃ, a névoa eleva-se do mar pelos penhascos além de Kingsport. Branca e emplumada, sobe do fundo ao encontro das irmãs, as nuvens, cheia de sonhos de úmidos pastos e cavernas de leviatãs. E mais tarde, em tranquilas chuvas de verão nos íngremes telhados de poetas, as nuvens espalham partes desses sonhos, para que os homens não vivam sem o rumor de velhos e estranhos segredos e de maravilhas que os planetas contam aos planetas a sós durante a noite. Quando os relatos voavam abundantes nas grutas de tritões e as conchas em cidades cobertas de alga emitem ensandecidas melodias aprendidas com os Deuses Antigos, então as grandes névoas, ansiosas, aglomeram-se no céu repletas de saber, os olhos voltados para o mar nas pedras veem apenas uma brancura mística, como se a borda do penhasco fosse a borda de toda a Terra, e os solenes sinos de boias ressoam livres no éter feérico.

No norte da arcaica cidade de Kingsport, contudo, os penhascos erguem-se altaneiros e curiosos, terraço sobre terraço, até que o mais setentrional de todos paira no céu como uma nuvem cinzenta congelada pelo vento. Solitário, destaca-se como um ponto deserto que sobressai no espaço ilimitado, pois ali a costa faz uma curva acentuada onde desemboca o grande rio Miskatonic ao fluir das planícies depois de passar por Arkham, trazendo lendas das florestas e pequenas lembranças fantásticas das colinas da Nova Inglaterra. A população que vive à beira-mar em Kingsport venera esse penhasco como outros povos litorâneos veneram a estrela polar, e determina o tempo das vigias noturnas pela forma como o penhasco oculta ou permite ver as constelações Ursa Maior, Cassiopeia e do Dragão. Acreditam que se une ao firmamento e, de fato, desaparece para eles quando a névoa oculta as estrelas ou o Sol. Adoram alguns dos penhascos, como um que chamam de Pai Netuno devido ao perfil grotesco, ou um outro cujos degraus sustentados por pilares denominam A Calçada, mas este eles temem, porque fica muito perto do céu. Os navegantes portugueses que ali chegam de uma viagem se persignam quando o veem pela primeira vez, e os antigos ianques acreditam que escalá-lo, se na verdade fosse possível fazê-lo, seria uma questão muito mais grave que a morte. Não obstante, existe uma antiga casa nesse penhasco, e à noite homens veem luzes nas janelas de vidros pequenos.

A antiga casa sempre esteve naquele local, e as pessoas dizem que ali mora Alguém que conversa com as névoas matinais que se elevam das profundezas e talvez veja coisas singulares em direção ao mar nas ocasiões em que a borda do penhasco torna-se a borda de toda a Terra, quando as solenes boias ressoam livres no branco éter feérico. Dizem isso de ouvir boatos, pois aquele ameaçador precipício jamais foi visitado, e os nativos não gostam de apontar-lhe telescópios. Embora turistas de verão a tenham, de fato, examinado com elegantes binóculos, nunca viram mais que o primitivo telhado cinzento, pontiagudo e coberto com telhas de madeira cujos beirais chegam quase aos alicerces cinzentos e a fraca luz amarela das janelinhas é entrevista abaixo desses beirais no crepúsculo. Esses veranistas não creem que a mesma pessoa more na antiga casa há centenas de anos, mas não podem provar sua heresia a nenhum verdadeiro nativo de Kingsport. Até o Terrível Ancião que conversa com pêndulos de chumbo dentro de garrafas compra mantimentos com ouro espanhol antiquíssimo e guarda ídolos de pedra no jardim de seu chalé antediluviano em Water Street; só sabe dizer que tudo continuava o mesmo desde que o avô era um menino, e isso deve ter sido há inacreditáveis séculos, quando Belcher ou Shirley ou Pownall ou Bernard era Governador da Província de Massachusetts Bay de Sua Majestade.

Então, num verão, chegou a Kingsport um filósofo chamado Thomas Olney, o qual ensinava coisas tediosas numa faculdade próxima a Narragansett Bay. Ele chegou com uma mulher robusta e filhos travessos, além de olhos cansados de ver as mesmas coisas e ter os mesmos pensamentos bem-disciplinados durante muitos anos. Contemplou as névoas do diadema de Pai Netuno e tentou penetrar em seu mundo branco de mistério pelos gigantescos degraus de A Calçada. Manhã após manhã, deitava-se nos penhascos e examinava a borda do mundo no éter enigmático mais adiante, prestava atenção aos sinos espectrais e aos ensandecidos gritos do que talvez fossem gaivotas. Depois, quando a névoa se dissipava e o mar se destacava prosaico com a fumaça de navios a vapor, suspirava e descia até a cidade, onde adorava ziguezaguear pelas velhas e estreitas veredas colina acima e abaixo, examinar as decrépitas e oscilantes empenas e os estranhos portais sustentados por pilares que haviam abrigado tantas gerações de vigorosa gente do mar. Até conversava com o Terrível Ancião, que não gostava de forasteiros, mas que o convidou a entrar no seu intimidante chalé arcaico, onde os tetos baixos e revestimentos de madeira bichada ouvem os ecos de inquietantes monólogos na sombria madrugada.

Era inevitável, claro, que Olney notasse o chalé cinzento não frequentado no céu, naquele sinistro precipício ao norte que formava uma unidade com as névoas e o firmamento. Sempre a pairar sobre Kingsport, e sempre seu mistério ouvido em sussurros por todos os becos tortuosos de Kingsport. O Terrível Ancião contou-lhe, ofegante, uma história que seu pai lhe contara sobre um raio que disparou uma noite daquele pontiagudo chalé *acima* até as nuvens na parte superior do céu; e a avó Orne, cuja minúscula casa com telhado de duas inclinações em Ship Street é toda coberta de musgo e hera, comentou, com a voz estridente, sobre uma coisa que sua avó ouvira de fonte indireta sobre formas que saíam batendo asas das névoas do leste e entravam direto naquele lugar inalcançável pela única porta estreita, a qual fica junto à beira do precipício voltada para o mar, vista só de relance pelos navios de passagem.

Por fim, após ficar ávido por coisas novas e estranhas, sem se deter pelo temor dos moradores de Kingsport nem pela habitual indolência dos veranistas, Olney tomou uma decisão terrível. Apesar de uma formação conservadora — ou por causa desta, pois as vidas de monotonia cotidiana provocam desejos ansiosos pelo desconhecido —, fez um solene juramento de escalar aquele evitado penhasco ao norte e visitar o chalé cinzento de anormal antiguidade no céu. Era muito plausível, deduziu seu *eu* mais são, que o lugar devia ser habitado por pessoas que o acessavam do interior ao longo da crista mais fácil ao lado do estuário do Miskatonic. Decerto, negociavam em Arkham, cientes do pouco que os habitantes de Kingsport gostavam daquela casa, ou talvez por ser impossível descer o penhasco pelo lado de Kingsport. Olney seguiu ao longo dos penhascos menos íngremes até o sopé de onde o grande precipício aproxima-se, insolente, acima para unir-se às coisas celestiais, tendo absoluta certeza de que nenhum ser humano conseguiria escalá-lo nem descer por aquela protuberante encosta ao sul. Ao leste e ao norte, elevava-se verticalmente a uma altura de milhares de metros da água; por isso permanecia apenas o lado oeste, do interior e em direção a Arkham.

Cedo numa manhã de agosto, Olney saiu à procura de um caminho para o inacessível pináculo. Seguiu em direção ao noroeste por aprazíveis estradas secundárias, passou pelo lago de Hooper e o velho paiol de tijolo até onde os pastos sobem para o cume acima do Miskatonic e oferecem uma linda vista dos campanários brancos georgianos de Arkham defronte a léguas de rio e prado. Aí, encontrou uma estradinha sombria para Arkham, mas nenhuma trilha na direção do mar que desejava. Bosques e campos apinhavam-se até a alta margem da foz do rio e não exibiam um único sinal de presença humana; nem sequer um muro de pedra ou uma vaca extraviada, mas apenas mato alto, árvores gigantescas e emaranhados de roseiras bravas que os primeiros índios talvez tenham visto. À medida que subia devagar pelo leste, cada vez mais alto acima do estuário à esquerda e cada vez mais próximo do mar, notou que o caminho se tornava mais difícil, a ponto de se perguntar como os moradores daquele detestado lugar conseguiam chegar ao mundo externo e se iam com frequência ao mercado em Arkham.

Então, as árvores se escassearam, e muito abaixo de si, à direita, viu as colinas, os antigos telhados e pináculos de Kingsport. Até a colina Central era nanica daquela altura, e ele conseguiu apenas distinguir o antigo cemitério ao lado do Hospital da Congregação, embaixo do qual, diziam os rumores, espreitavam algumas terríveis cavernas ou covas. Adiante, estendiam-se ervas escassas e grupos de pequenos arbustos de mirtilo, além da rocha desnuda do precipício e o fino cume do temível chalé cinzento. Em seguida, a crista estreitou-se, e Olney sentiu vertigem diante daquela solidão no céu. Ao sul, o aterrador precipício acima de Kingsport; ao norte, a queda vertical de quase 1,5 quilômetro até a foz do rio. De repente, uma grande brecha abriu-se diante de si, de uns 30 metros de profundidade, de modo que ele teve de se pendurar com as mãos, deixar-se cair até um piso inclinado e, em seguida, arrastar-se perigosamente por um desfiladeiro natural na parede oposta. Então era esse o caminho que os moradores da misteriosa casa percorriam entre a Terra e o céu!

Quando transpôs a brecha, uma névoa matinal se acumulava, mas ele viu nitidamente o elevado e iníquo chalé defronte, as paredes tão cinzentas quanto a rocha, e o alto pico destacado em contraste com o branco leitoso dos vapores marítimos. Percebeu que não tinha porta nesse lado voltado para a terra, mas apenas duas pequenas janelas de treliça com encardidos caixilhos redondos de vidro no estilo do século XVII. Tudo à sua volta se limitava a nuvens e caos, e não lhe permitia ver nada abaixo senão a brancura do infinito espaço. Estava a sós no céu com essa estranha casa muito perturbadora; e ao contorná-la hesitante até a fachada e ver que a parede era nivelada com a borda do penhasco, de modo que não se tinha como chegar à única porta estreita a não ser pelo éter vazio, sentiu um nítido terror distinto que só a altitude não podia explicar. E era muito estranho que telhas de madeira tão bichadas sobrevivessem, ou que tijolos tão desintegrados ainda mantivessem uma chaminé de pé.

Quando a névoa se intensificou, Olney avançou devagar até as janelas nas laterais do norte, oeste e sul, tentou abri-las, mas encontrou todas trancadas. Sentiu uma vaga satisfação por estarem trancadas, porque, quanto mais via daquela casa, menos desejava entrar. Então, um ruído deteve-o. Ouviu um chiado de fechadura e o correr de um ferrolho, seguidos por um longo rangido, como se uma porta pesada fosse lenta e cautelosamente aberta. Vieram do lado voltado para o mar, que ele não via, onde o estreito portal abria no espaço vazio a milhares de metros no céu nublado acima das ondas.

Em seguida, veio do interior do chalé o ruído de passos pesados, deliberados, e Olney ouviu as janelas se abrirem, primeiro, no lado norte oposto a ele, depois, no oeste, bem pertinho dele. Então, abriram-se as janelas do sul sob os grandes beirais baixos no lado onde ele estava; e é preciso dizer que se sentia mais que inquieto ao pensar na detestável casa num lado e no vazio do espaço no outro. Quando chegou o tateamento nos caixilhos mais próximos, tornou a arrastar-se para a fachada oeste, achatando-se na parede ao lado das janelas agora abertas. Ficou claro que o dono viera para casa; porém, não chegara por terra, nem de algum balão ou aeronave imaginável. Passos soaram de novo, e Olney avançou devagar para o norte, mas, antes que pudesse encontrar um refúgio, uma voz o chamou baixinho, e ele soube que precisava enfrentar seu anfitrião.

Esticado para fora de uma janela no lado oeste, viu um rosto com uma grande barba preta cujos olhos brilhavam fosforescentes com a impressão de visões inauditas. No entanto, a voz era amável e com um timbre de singular antiguidade; por isso, Olney não estremeceu quando a mão parda estendeu-se para ajudá-lo a transpor o parapeito e entrar naquela sala baixa revestida de lambris de carvalho preto e mobília esculpida Tudor. O homem usava roupas muito antigas e era envolvido a um indefinível nimbo de sabedoria marítima e sonhos com altos galeões. Olney não se lembra de muitos dos prodígios que contou, nem sequer de quem era; no entanto, diz que se tratava de alguém estranho e amável, além de possuir a magia de insondáveis vazios de tempo e espaço. A pequena sala parecia verde com uma tênue luz aquosa, e Olney viu que as janelas distantes, voltadas para o leste, não estavam abertas, mas tapadas contra o éter nublado com vidros espessos foscos como o fundo de velhas garrafas.

A ESTRANHA CASA ALTA NA NÉVOA

O anfitrião barbudo parecia jovem, embora fitasse com olhos impregnados de antigos mistérios; e, a julgar pelas histórias das maravilhosas coisas antigas que relatou, deve-se imaginar que o pessoal da aldeia tinha razão ao dizer que ele comungava com as névoas do mar e as nuvens do céu desde antes mesmo da existência de qualquer aldeia para observar sua taciturna moradia da planície inferior. O dia transcorria, e Olney continuava ouvindo os rumores dos velhos tempos e lugares distantes, descobrindo que os reis da Atlântida lutaram com as escorregadias blasfêmias que saíam serpeantes de fendas no leito oceânico, que navios perdidos ainda entreviam à meia-noite o templo de Poseidon sobre pilares e cheio de ervas daninhas, e que sabiam, ao vê-lo, que se haviam perdido para sempre. O anfitrião relembrou os Titãs do início dos tempos, mas se mostrou tímido quando falou da sombria primeira era do caos antes do nascimento dos deuses ou até mesmo dos Deuses Antigos, e quando apenas *os outros deuses* iam dançar no cume do Hatheg-Kla no deserto pedregoso perto de Ulthar, mais além do rio Skai.

A essa altura, ouviu-se uma batida na porta antiga de carvalho guarnecida com pregos diante da qual se estende apenas o abismo de nuvem branca. Olney levantou-se assustado, mas o barbudo fez-lhe um sinal para que se acalmasse, caminhando na ponta dos pés até a porta para olhar pelo vidro de um caixilho muito pequeno. Não gostou do que viu e, por isso, levou o dedo aos lábios e se pôs a circular na ponta dos pés para fechar e trancar todas as janelas antes de retornar ao antigo banco de madeira com espaldar alto e baú sob o assento ao lado de seu convidado. Em seguida, Olney viu demorar-se diante dos translúcidos quadrados de cada uma das janelinhas em sucessão uma estranha silhueta preta enquanto o visitante contornava inquisitivamente o chalé antes de partir, alegrando-o o fato de que o anfitrião não respondera à batida. Porque existem estranhos objetos no grande abismo, e aquele que procura sonhos precisa tomar cuidado para não provocar nem encontrar os errados.

Em seguida, as sombras começaram a reunir-se; primeiro, as pequenas e furtivas debaixo da mesa, depois, as mais destemidas nos escuros cantos revestidos de lambris. E o barbudo fez gestos enigmáticos de oração, acendendo velas altas em castiçais de metal curiosamente forjados. De vez em quando, olhava para a porta como se esperasse alguém, e afinal seu olhar pareceu respondido por uma singular série de pancadinhas que devia ter seguido algum código muito antigo e secreto. Dessa vez, ele nem sequer olhou pela abertura, mas ergueu a grande barra de carvalho e correu o ferrolho, destrancando a pesada porta e escancarando-a para as estrelas e a névoa.

E aí, ao som de obscuras harmonias, adentraram flutuantes naquela sala, vindos do abismo, todos os sonhos e lembranças dos Deuses Poderosos do fundo da Terra. E chamas douradas dançavam ao redor das fechaduras cheias de ervas daninhas, fazendo que Olney ficasse deslumbrado ao prestar-lhes homenagem. Ali estavam Netuno com seu tridente, os esportivos tritões e as fantásticas nereidas, e no dorso dos golfinhos equilibrava-se uma imensa concha crenulada na qual desfilava a forma cinzenta e medonha do primal Nodens, Senhor do Grande Abismo. Das conchas dos tritões,

A ESTRANHA CASA ALTA NA NÉVOA

desprendiam-se misteriosos clangores e as nereidas emitiam estranhos ruídos batendo nas grotescas conchas ressonantes de desconhecidos espreitadores nas sombrias grutas marinhas. Então, o grisalho Nodens estendeu uma das mãos murchas e ajudou Olney e seu anfitrião a entrarem na imensa concha, ao mesmo tempo que as demais conchas e os gongos irromperam num desvairado e assombroso clamor. E no infinito éter afora saiu a rodar aquele fabuloso séquito, o ruído de cuja gritaria perdeu-se nos ecos de trovões.

A noite toda em Kingsport os moradores observavam aquele alto penhasco quando a tempestade e as névoas permitiam-lhes entrevê-lo, e quando no início da madrugada apagaram-se as luzes fracas das janelinhas, eles sussurraram de temores e desastre. Os filhos e a robusta mulher de Olney rezaram para o brando deus dos batistas e torceram para que o viajante tomasse emprestado um guarda-chuva e galochas, a não ser que a chuva parasse pela manhã. Pouco depois, surgiu do mar o amanhecer gotejante envolto em névoa, e as boias repicaram solenes em vértices de éter branco. Ao meio-dia, trombetas de duendes ressoaram sobre o mar enquanto Olney, seco e a passos ligeiros, descia dos penhascos à antiga cidade de Kingsport com a expressão de lugares distantes nos olhos. Não se lembrava do que sonhara no chalé empoleirado no céu daquele ainda anônimo ermitão, nem sabia explicar como se arrastara por aquele precipício abaixo nunca antes percorrido por outros pés. Tampouco conseguiu falar dessas questões com ninguém, senão com o Terrível Ancião, o qual depois murmurou coisas estranhas sob a longa barba branca, jurou que o homem que desceu daquele despenhadeiro não era o mesmo homem que subira e que em algum lugar sob aquele cinzento telhado pontiagudo, ou em meio aos inconcebíveis limites daquela sinistra névoa branca, ainda permanecia o espírito perdido de quem foi Thomas Olney.

E desde então, ao longo dos anos que se arrastavam sombrios, cheios de tédio e cansaço, o filósofo tem trabalhado, comido, dormido e empreendido, sem se queixar, as ações adequadas a um cidadão. Não mais anseia pela magia de colinas mais distantes, nem suspira em busca de segredos que espreitam como recifes verdes de um mar sem fundo. A mesmice de seus dias não lhe causa mais sofrimento, e pensamentos bem-disciplinados passaram a bastar por sua imaginação. A boa mulher está mais robusta e os filhos estão mais velhos, mais prosaicos e mais úteis, e ele jamais deixa de sorrir corretamente com orgulho quando a ocasião o exige. De seu olhar não se desprende nenhuma luz inquieta, e se ele ainda ouve sinos solenes ou trombetas de duendes distantes, é só à noite quando vagueiam os antigos sonhos. Nunca tornou a ver Kingsport, pois a família não gostava das curiosas casas antigas, e queixava-se de que a rede de esgoto era muito ruim. Têm um elegante bangalô agora em Bristol Highlands, onde não se erguem elevados precipícios, e os vizinhos são urbanos e modernos.

Em Kingsport, porém, circulam estranhos relatos, e até o Terrível Ancião admite uma coisa não contada por seu avô. Porque agora, quando o vento sopra impetuoso do norte e passa pela antiga casa que é unida com o firmamento, desfez-se afinal aquele agourento e sombrio silêncio que sempre significou a ruína dos camponeses marítimos de Kingsport. E o pessoal antigo fala de vozes agradáveis ouvidas cantando ali, de risadas que se alteiam com alegrias além das alegrias da Terra; dizem que à noite as janelinhas baixas brilham mais que antes. Também dizem que a feroz aurora surge com mais frequência naquele local, cintilando azul no norte com visões de mundos congelados, enquanto o precipício e o chalé destacam-se pairados pretos e fantásticos diante de intensos clarões de relâmpagos. As névoas do amanhecer se tornaram mais espessas, e marinheiros não têm mais tanta certeza de que toda badalada amortecida de sinos em direção ao mar é das boias solenes.

Pior de todo, entretanto, é o arrefecimento dos velhos temores nos corações dos jovens de Kingsport, que tendem cada vez mais a escutar, à noite, os fracos e distantes ruídos trazidos pelo vento do norte. Juram que nenhum dano ou sofrimento pode habitar aquele alto chalé pontiagudo, pois das novas vozes desprendem-se batimentos alegres e, com eles, o tinido de risos e música. Embora não saibam que relatos as névoas marinhas talvez tragam para aquele pináculo assombrado mais ao norte de todos, anseiam por obter algum indício das maravilhas que batem na porta escancarada do penhasco quando as nuvens ficam mais densas. Os patriarcas temem que algum dia eles encontrem, um por um, essa inacessível crista no céu e descubram que segredos centenários se escondem sob o íngreme telhado revestido de ripas de madeira que faz parte das rochas, das estrelas e dos antigos temores de Kingsport. Não duvidam que esses jovens temerários irão retornar, mas acham que talvez deles desapareçam dos olhos uma luz e do coração uma vontade. Nem desejam uma fantástica cidade de Kingsport, com suas ladeiras íngremes e empenas arcaicas arrastando-se indiferente pelos anos, enquanto, voz por voz, o coro de risos se torna cada vez mais forte e ensandecido naquele desconhecido e terrível lugar misterioso, onde névoas e os sonhos de névoas param para descansar em sua trajetória do mar em direção aos céus.

Nem desejam que as almas de seus jovens abandonem os agradáveis lares e tabernas da antiga Kingsport, tampouco desejam que as risadas e a música naquele elevado local rochoso se tornem mais altas. Porque dizem que, assim como a voz que acabou de chegar trouxe novas névoas do mar e novas luzes do norte, outras vozes trarão mais névoas e mais luzes; até talvez os deuses antigos (cuja existência apenas se insinua em sussurros por se temer que o pároco da congregação ouça) saiam das profundezas e da desconhecida Kadath no deserto frio e estabeleçam sua residência naquele precipício malevolamente adequado tão próximo das suaves colinas e vales de tranquilos e simples pescadores. Não desejam nada disso, pois, para as pessoas simples, tudo que não faz parte da Terra é mal acolhido; além disso, o Terrível Ancião muitas vezes lembra-lhes o que Olney disse sobre uma batida que o morador solitário temeu e uma forma preta e inquisitiva vista diante da névoa por aquelas estranhas janelinhas translúcidas de caixilhos chumbados.

Tudo isso, porém, só os Grandes Deuses podem decidir; por enquanto, a névoa matinal continua a subir do fundo do mar por aquele solitário e vertiginoso cume

A ESTRANHA CASA ALTA NA NÉVOA

com a íngreme casa antiga, de beirais baixos, onde não se vê ninguém, mas à qual a noite traz furtivas luzes enquanto o vento do norte revela estranhas folias. Branca e emplumada, sobe do fundo ao encontro das irmãs — as nuvens — cheia de sonhos de úmidos pastos e cavernas de leviatãs. Quando os relatos voavam abundantes nas grutas de tritões, e as conchas em cidades cobertas de alga emitem ensandecidas melodias aprendidas com os Grandes Deuses, então as grandes névoas ansiosas aglomeram-se no céu repletas de saber, e os olhos voltados para o mar nas pedras veem apenas uma brancura mística, como se a borda do penhasco fosse a borda de toda a Terra, e os solenes sinos de boias ressoam livres no éter feérico.

© *Copyright* desta tradução: Editora Martin Claret Ltda., 2017.

Direção
MARTIN CLARET

Produção editorial
CAROLINA MARANI LIMA / MAYARA ZUCHELI

Projeto gráfico
JOSÉ DUARTE T. DE CASTRO

Diagramação
GIOVANA GATTI QUADROTTI

Capa e guarda
RAFAEL NOBRE

Revisão
WALDIR MORAES
ALEXANDER BARUTTI A. SIQUEIRA

Impressão e acabamento
PAULUS GRÁFICA

A ortografia deste livro segue o novo Acordo Ortográfico da Língua Portuguesa.

Dados Internacionais de Catalogação na Publicação (CIP)
(Câmara Brasileira do Livro, SP, Brasil)

Lovecraft, H. P., 1890-1937.
Contos, volume II / H. P. Lovecraft – São Paulo: Martin
Claret, 2017.

Vários tradutores.

1. Contos de terror 2. Contos norte-americanos I. título
ISBN 978-85-440-0175-2

17-11460   CDD-813

Índices para catálogo sistemático:

1. Contos de horror: Literatura norte-americana 813

EDITORA MARTIN CLARET LTDA.
Rua Alegrete, 62 – Bairro Sumaré – CEP: 01254-010 – São Paulo – SP
Tel.: (11) 3672-8144 – www.martinclaret.com.br
1ª reimpressão – 2019

CONTINUE COM A GENTE!

- Editora Martin Claret
- editoramartinclaret
- @EdMartinClaret
- www.martinclaret.com.br

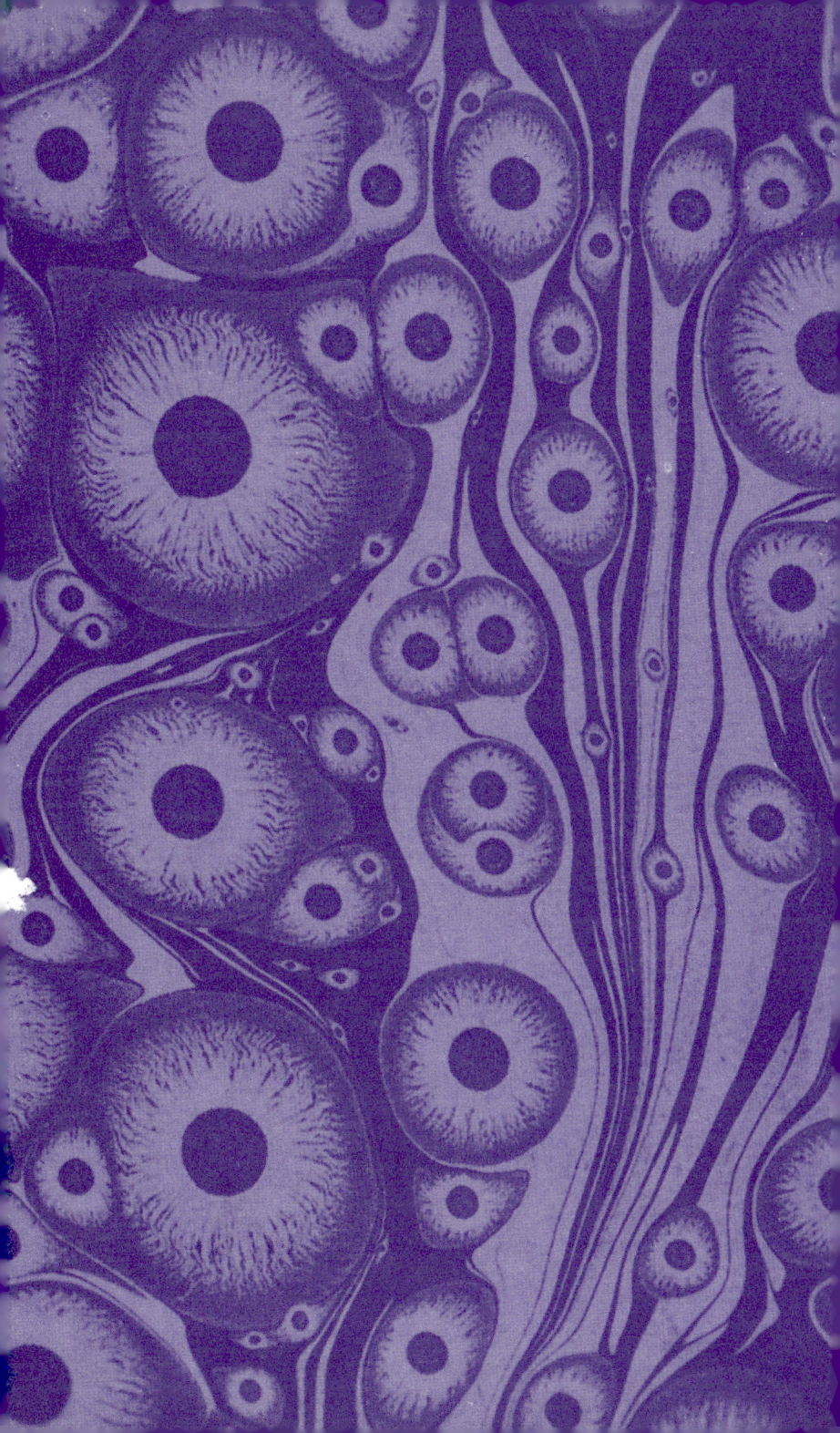